COLLECTION FOLIO

José Giovanni

Les aventuriers

Gallimard

Qu'un roman fournisse la matière de deux films est une expérience unique en son genre.

Lorsque José Giovanni et le metteur en scène Robert Enrico décidèrent de tirer un film de ce roman (en collaboration avec le scénariste Pierre Pellegri), ils abandonnèrent délibérément l'histoire de Manu et d'Hélène contenue dans le roman pour ne traiter que l'histoire de Manu et de Roland.

Robert Enrico tourna donc Les Aventuriers *avec Lino Ventura (Roland), Alain Delon (Manu), Serge Reggiani et Joanna Shimkus (deux personnages créés par le déroulement du nouveau scénario).*

L'épisode de Manu et d'Hélène restant disponible, José Giovanni en tira un scénario et le filma personnellement sous le titre La Loi du survivant *avec Alexandra Stewart et Michel Constantin.*

Bien que Manu soit un personnage commun aux deux histoires, les deux films sont très différents.

Mais en lisant ce roman, vous découvrirez peut-être, entre les deux films, une résonance secrète qui vous appartiendra en propre.

Né en 1923, dans une vieille famille corse, José Giovanni a fait ses études à Nice et à Paris. Il est licencié en droit. Pendant l'occupation, il fait l'expérience de la prison et connaît plusieurs fois les affres de l'évasion. A la fin de la guerre, il n'a que vingt et un ans, il continue par goût du risque une vie aventureuse. Il voyage, exerce différents métiers : mineur de fond, cultivateur, pêcheur, moniteur alpin dans un centre de jeunesse, tailleur de pierres, bûcheron. Il écrit des romans, des dialogues de films, des pièces de théâtre. Aujourd'hui, il vit en Suisse avec sa famille et pratique l'alpinisme et l'équitation.

A Hanoune

...cette vie est un bien perdu
...quand on n'a pas vécu
...comme on aurait voulu...

Eminescu.

I

Manu regarda Roland et Roland regarda Manu. La mer ne secouait déjà plus le petit cotre; ils étaient au bout du voyage.

Manu et Roland muselèrent la voile et le bruit du moteur auxiliaire s'échappa au ras des petites vagues courtes. Roland pilota doucement à la rencontre du village. On ne différenciait pas les maisons, il n'y avait qu'un bloc qui semblait chassé par la terre et qui s'accrochait pour ne pas tomber dans l'eau.

Manu, à l'avant, sondait. Ils ne voulaient pas s'aligner dans l'ébauche de port. Ils voulaient s'approcher du château qui se détachait enfin, s'avançant comme une figure de proue.

On aurait dit que le château s'était davantage accroché au sol et que le village s'était tassé derrière lui. Le château ressemblait à un chef responsable; de sa terrasse on pouvait guetter l'ami ou l'ennemi et se retourner pour hurler la nouvelle à tous.

Manu fit un signe et Roland coupa le moteur. Le cotre épuisa son élan et Manu sauta sur le dernier avancement de rochers, ceux qui se tenaient les uns aux autres, jusqu'au mur de façade du château. Manu maintenait le dix-huit mètres par un filin. Roland jeta l'ancre. Libérés de la manœuvre, ils levèrent leur visage et tordirent leur cou pour évaluer la masse grise qui les écrasait.

L'austérité des créneaux et des tours de guet se mariait à une tour plus importante, flanquée sur la gauche de la bâtisse, sur l'arrière, presque dans le village. Les deux murs principaux, qui se rejoignaient en forme d'éperon et recevaient le souffle des tempêtes, avaient dix mètres de hauteur. La base du mur ne baignait pas dans l'eau mais peu s'en fallait.

Les yeux de Manu descendirent le long de la paroi, lentement, comme s'il calculait les chances d'évasion d'un prisonnier imaginaire suspendu à un cordage de fortune. Une grille, fonctionnant comme une porte, s'ouvrait en bas du mur. Manu s'en approcha tandis que Roland s'attardait à fouiller l'extérieur du château de ses yeux vifs, enfoncés dans la forte ossature de son visage.

Sur la terrasse, à côté de la tour ébréchée, le carré blanc d'une construction rapportée s'ornait d'une fenêtre de style.

— On dirait une armure de croisé, dit Roland.

Manu se retourna. Il se tenait d'une main à l'un des barreaux de la grille.

– Où ça? demanda-t-il, sans bouger.

Il ne pouvait voir ce que voyait son ami.

– Il y a un truc blanc construit après, dit-il, en sautant sur les deux rochers qui le séparaient de Manu.

Manu ne répondit pas et les deux hommes regardèrent à l'intérieur du château. La grille était simplement coincée. Roland referma ses fortes mains sur la barre médiane et l'ébranla d'une secousse. Ils s'étaient déjà trouvés ensemble, face à une grille, ultime défense d'un enfer [1]; ils l'évoquèrent séparément dans le silence de la pensée.

La grille s'ouvrit. Avant de s'engager dans l'épaisseur des murs, ils jetèrent un regard sur leur bateau qui se frottait doucement contre le rocher le plus avancé.

Le cotre faisait penser à un jouet dont un enfant aurait raclé la peinture. Il était amical. Le soleil n'allumait plus ses cuivres ni ses nickels, et, s'il continuait à éclairer la voile, la fanfare des blancs n'éclatait plus comme jadis, comme au début, trois années plus tôt.

Manu et Roland suivaient lentement les couloirs et gravissaient les marches destinées à les élever au-dessus du niveau de la mer. Les salles étaient

1. Voir *Le Trou*.

meublées dans le style des pierres, les portes rondes décorées de clous, et un grand coffre de corsaire trônait dans une sorte de hall.

Manu et Roland ne cherchaient pas à éviter de faire du bruit et ils n'en faisaient pas non plus. Ils étaient chaussés de spartiates. Manu caressa au passage le coffre barbare. Les murs du hall étaient nus et blancs. Manu regretta de n'y point voir des armes, des lames, ou la ligne trapue d'une carabine à répétition.

Le printemps était déjà chaud mais ce n'était pas encore l'époque des vacances qui emplirait les vieux murs de rires et d'éclats de voix.

Vide, le château ressemblait davantage aux récits du petit Laurent. Il avait souvent décrit les lieux à Manu et à Roland et, en cette seconde, dans le hall, près du coffre, les deux hommes s'y retrouvaient. Sauf les meubles. Les meubles étaient en plus. Laurent ne leur en avait jamais parlé. Il n'avait parlé que de ses jeux en compagnie des gamins du village et des vieilles jumelles qui l'aidaient à violer l'horizon, du haut de la terrasse.

Certaines portes étaient fermées. Ils se contentèrent de gravir les marches sans chercher à pénétrer dans les salles défendues. Ils débouchèrent sur la terrasse et se penchèrent pour apercevoir leur bateau. Les gosses s'étaient avancés sur les rochers. Ils n'osaient pas sauter sur le petit pont. Ils demeuraient immobiles, cloués par les rêves. Pour eux la voile repliée devait vivre, tendue par le vent, indestructible, entraînant le bateau sinon dans la poursuite, du moins dans une fuite impossible à enrayer.

Roland et Manu redescendirent et, en retraversant le hall à la recherche d'une issue vers le village, au niveau duquel ils se trouvaient, ils rencontrèrent un homme d'une cinquantaine d'années, de taille moyenne, vêtu simplement.

Manu et Roland s'arrêtèrent.

— Bonjour, dit l'homme.

Ils étaient sur la terre de Corse. En Corse les gens donnent d'abord le bonjour et ne demandent qu'ensuite ce que vous désirez. La peau cuite de Roland et de Manu tranchait avec la toile de leurs vêtements, décolorée par les embruns et le soleil.

L'homme les regardait sans étonnement, il les prenait pour des sportifs amoureux de la mer. Roland et Manu lui sourirent.

— Vous habitez ici? demanda Manu.

— Je garde le château.

Manu ne se trompait pas sur l'accent corse, avec le « r » qui roule un peu.

— Vous êtes du village sans doute?

— Mon père et aussi son père, répondit l'homme.

Roland fixait les mains de l'homme, larges et courtes, un peu blanches.

— La pierre... fit Roland les yeux toujours fixés sur les mains.

L'homme regarda le dos de ses mains et il les retourna, grandes ouvertes.

– Il n'y a plus que moi qui taille. Ça se perd... comme tout, dit-il d'une voix mesurée.

De petites ondes circulaient entre les trois hommes. Ils s'étaient parlé dans le désordre, impulsivement. L'essentiel tombait sur eux. Manu et Roland n'étaient venus en Corse que pour prononcer des phrases essentielles et agir en conséquence. Ce premier contact, avec le gardien, était dans la note. Manu prononça son nom et celui de Roland.

– Caroccioli, répondit l'homme.

Les mains se tendirent. Celles de Roland et de Caroccioli avaient la même épaisseur; sorte de battoir pliant. Elles se reconnurent comme étant habituées à déplacer la matière et s'apposèrent juste l'une contre l'autre, tandis que celle de Manu fine et nerveuse compensait la différence par l'étreinte.

Roland et Manu échangèrent un coup d'œil d'une brièveté surprenante. Entre eux, il s'agissait d'une consultation lorsque une même pensée les visitait. L'éclair du regard leur apportait dans le même temps la question et la solution. Parleraient-ils du petit Laurent à ce Caroccioli? Ils n'en parleraient pas.

– A-t-on une chance de trouver le maire à cette heure-ci? demanda Manu.

— On le trouve toujours. Il est très vieux, répondit le gardien.

Roland et Manu bougèrent davantage pour marquer la fin de l'entretien.

— Je vais vous montrer. C'est la deuxième maison à gauche en sortant sur l'arrière, précisa Caroccioli en indiquant l'extrémité du couloir.

Ils se mirent en marche mais, en passant devant une porte, Caroccioli l'ouvrit et s'effaça.

— Vous prendrez bien un verre. Ma femme va nous servir.

La pièce était voûtée, toute en longueur. Une forme sombre se déplaçait au fond. Le vin du pays coula et la femme poussa doucement une assiette creuse pleine de figues sèches et de biscuits ronds.

Elle souriait. Sa fenêtre donnait sur la mer. Elle avait dû voir le bateau mais sur son visage on ne lisait rien. L'ovale en était pur et racontait la beauté passée. Elle parla de sa fille mariée à un ingénieur sur le « continent ».

— Alors comme ça, vous êtes seuls, dit Roland.

Sa nature l'inclinait aux conclusions et il aimait prononcer les évidences par goût de la solidité.

— L'été, les patrons viennent... dit Caroccioli.

— Et aussi à Noël, assura sa femme.

Ils se mirent à parler des propriétaires du château, une nombreuse famille. Ils en parlaient lentement, à l'aide de mots façonnés, définitifs, à la taille de leur dévouement librement consenti.

Ils ne se considéraient pas comme des employés. Le propriétaire avait pour eux des attentions délicates et ils ne sauraient l'oublier. Ils aimaient son château.

Dans cette pièce fraîche, Manu et Roland se laissèrent aller. Ils allongeaient leurs jambes sous les tables. Et puis Manu replia les siennes et se leva. Ils avaient beaucoup à faire.

La femme parla la dernière, un peu sourdement, en regardant son mari qui apparut soudain à Manu comme un homme très fatigué.

— C'est dur, pour lui... dit-elle.

Sa phrase évoquait le choc inlassable du marteau sur le burin, les éclats de pierre, les bras noués par les muscles, le corps décharné par la sueur.

Manu pensa qu'elle venait d'éprouver inconsciemment le besoin de signaler que son mari était travailleur, alors qu'une réputation légendaire s'attachait au creux de la main du Corse.

Les deux hommes trouvèrent sans peine la maison de Laurent Luiggi, maire du village d'Algajola, âgé de quatre-vingt-six ans.

Il portait le même prénom que leur ami, le petit Laurent. Son grand âge contraignait son œil gauche à pleurer sans cesse. Ses mains ne tremblaient pas; il les appuyait sur ses genoux en parlant.

Des banquettes tristes s'adossaient aux murs. Manu et Roland préférèrent des chaises.

— Laurent Bartoli... Laurent Bartoli, répéta le maire. Oui... oui, je me souviens...

La grosse main de Roland s'appuya davantage sur le dessus de velours gris masquant la table. Manu ne pouvait plus arracher son regard des lèvres bleuies du vieillard.

— Ils n'y sont plus... acheva le maire.

— Ça ne fait rien, coupa Manu, on a un papier.

Le vieux Luiggi sortit des lunettes cerclées de fer et orienta la feuille vers la lumière du jour.

— C'est en règle, dit-il. Mais ils n'y sont plus. Même au cimetière, ils n'y sont plus.

— Où sont-ils? murmura Manu.

Le vieux avait reposé la feuille sur la table. Il enleva les lunettes et elles rejoignirent la feuille. Ses yeux noyés d'eau passaient sur le visage des deux aventuriers.

— Les vivants, je ne sais pas (il prit un temps pour ajouter), les morts sont à Aregno.

— C'est loin? demanda Roland.

On sentait que les distances ne comptaient pas pour lui. Le maire pourrait répondre n'importe quoi, indiquant la position géographique la plus lointaine ou la plus proche, il ne surprendrait personne dans la pièce.

— C'est un peu dans la montagne, à dix kilomètres.

Manu reprit la feuille de papier, en écartant les vieilles lunettes.

— Ils sont à Aregno mais ils sont nés ici, dit le maire (il désigna la feuille), je peux inscrire ça sur mon registre des délibérations.

Manu hésita :

— Et vous viendriez à Aregno avec nous?

Le maire acquiesça de la tête. Il avait des taches brunes sur la peau et il n'était pas complètement chauve.

— On aurait juste besoin de louer une voiture, précisa Roland qui avait pour habitude de débarrasser Manu des préoccupations pratiques.

Le maire acquiesça encore. Toujours de sa tête aux formes longues qui, dans ce mouvement, s'inclinait sur la poitrine.

Manu lui tendit la feuille d'un geste plus définitif. Le vieil homme l'immobilisa sous un presse-papier, un petit buste de l'Empereur.

Roland et Manu sentaient que la feuille avait vraiment changé de mains, et ils s'imprégnaient de la grandeur des secondes.

Manu pensait aux vivants qu'ils étaient venus chercher en Corse. Qu'apprendraient-ils sur eux à Aregno? Il fallait d'abord passer par les morts et il ne refusa pas la visite du cimetière de Algajola, que proposa le maire.

La servante du maire les regarda partir en haussant les épaules. Elle pensait que son maître se fatiguait inutilement et que personne ne lui en témoignait la moindre reconnaissance, les temps ayant bien changé.

Ils marchèrent lentement, encadrant le corps droit et mince du vieux Luiggi. Malgré la tiédeur de la température, Luiggi portait un gilet sous sa veste. Et tous les boutons du gilet étaient soigneusement boutonnés.

Ils traversèrent la voie ferrée. Le chemin montait mais l'enclos était proche. Il y avait l'enclos principal, l'enclos des riches fermé par une grille et un petit portillon de bois coincé sous une arche de pierre surmontée d'une croix.

Luiggi désigna le portillon. Roland le déplaça et passa sous l'arche. Ils ne purent le suivre car il s'arrêta.

Une végétation indescriptible, faite de ronces entremêlées, interdisait l'accès. En se penchant par-dessus l'épaule de son ami, Manu distingua la grande pierre tombale, tapie au fond de l'enclos, recouverte de débris de couronnes artificielles; dépouillées et blanchies par les intempéries elles ressemblaient aux ossements des grands oiseaux.

Roland s'aperçut que la pierre tombale était légèrement déplacée. L'abandon surgissait, serrant la gorge des deux hommes.

Ils se retournèrent vers Luiggi qui évita de rencontrer leur regard en contemplant la Méditerranée. On ne pouvait pas voir le cotre dissimulé par le château.

– C'est l'oncle de votre ami Laurent qui a tout changé, dit-il. Il habitait Aregno (il fit deux pas et reprit la parole), depuis il est mort à son tour.

– Ça remonte à combien? questionna Manu.

Luiggi essaya de rapprocher les dates entre elles, dans le cours de sa longue vie :

– Quinze, peut-être vingt (il hésita une seconde). L'oncle il avait une sœur. Je l'ai vue juste une fois dans toute ma vie. Et puis on a dit qu'un berger l'avait demandée. C'est tout ce qu'on a dit...

Ils redescendirent en silence vers le village de Algajola.

– Voyez toujours pour cette voiture et on se retrouve devant chez vous, dit Roland avec gentillesse.

La vieille bonne guettait les hommes du haut de l'escalier.

– Vous voulez qu'on tâche moyen de vous aider? s'inquiéta Luiggi en regardant vers le château.

Son contact avec les deux aventuriers lui insufflait des forces nouvelles.

– Non, merci, jeta Manu.

Roland et lui contournèrent les hauts murs et sautèrent bientôt de rocher en rocher.

Les enfants, plus nombreux encore, certainement tous les enfants du village, se groupaient sur le dernier rocher, près du bateau. Certains étaient allongés sur le ventre et tendaient le bras jusqu'à toucher la merveilleuse coque. A la vue des deux hommes ils s'écartèrent. Roland et Manu sourirent fugitivement, sautèrent sur le pont et s'engouffrèrent à l'intérieur.

Sur le sol de la cabine, le long des couchettes superposées, un cercueil, entouré de corde, attendait.

Le petit Laurent n'était pas bien lourd mais les deux hommes ne le hissèrent sur le pont qu'avec difficulté. – Leur force diminuait-elle ou le corps s'était-il alourdi, soudainement, à l'approche de la terre natale?

Les deux hommes se redressèrent de toute leur taille, les yeux au ciel, comme s'ils se refusaient à trancher entre le bateau et Laurent, à débarrasser le pont sur lequel il avait couru et rêvé, sur lequel il s'était battu et où il avait mis tellement de temps à mourir en parlant de vieilles pierres de son village.

Il y était enfin, face aux rochers, face aux enfants, vivants reflets de sa jeunesse. Avec cette différence que les enfants d'aujourd'hui n'accédaient plus au château. Ils regrettaient sans doute de ne pouvoir s'y cacher, jouer aux corsaires, comme le faisaient les gosses de la génération du petit Laurent.

Ils regardaient le cercueil avec les grands yeux des peuples latins. Ils étaient à l'âge où l'on passe en revue l'erreur et la conséquence, sans la moindre possibilité d'établir un rapport entre les deux. Trois ou quatre reculèrent. Les autres n'avaient jamais vu un cercueil.

— Il est mort m'sieur?... lança une petite voix.

La mer se mit à briller pour les yeux des deux hommes et le cri tout proche d'une mouette eut la résonance d'un désespoir.

Roland sauta le premier et Manu appuya le cercueil sur le rebord. Ensuite il poussa doucement. Roland saisit ce qui s'avançait vers lui et l'entoura de ses bras puissants.

Il finit par étreindre le centre du cercueil alors que Manu maintenait encore l'extrémité sur le bord du pont.

— Lâche tout, fit Roland, et, d'un violent effort il garda la charge contre lui, la déposant progressivement en freinant sur sa cuisse.

Le petit Laurent était presque arrivé. Manu sauta et ils prirent le cercueil sur les épaules. Ils remontèrent aux pieds de la forteresse, respectueusement escortés par les enfants muets. Sans se consulter ils pénétrèrent dans le château par la petite porte au niveau des rochers, et traversèrent le château pour rejoindre le village.

Ils étaient heureux et assez fiers d'offrir ce pèlerinage à leur ami. Le gardien les avait peut-être vus sortir du bateau et s'infiltrer dans le château, mais il ne se manifesta pas.

Une vieille camionnette était rangée devant la maison du maire, elle appartenait à l'épicier. Des hommes se découvrirent et le plateau de la camionnette reçut le cercueil.

Une fois encore Manu et Roland déclinèrent les offres d'aide. Roland s'installa au volant. Le vieux Luiggi monta et se sentit calé entre les deux hommes.

Il retrouvait le ton âpre de jadis, lorsque les frères s'unissaient par les épaules pour enterrer leurs morts sous la terre corse.

La camionnette démarra sur le sol de terre battue et passa sous une voûte. Le village était une ancienne place fortifiée. Le père du vieux Luiggi en avait fait sauter la lourde porte supprimant ainsi la servitude du couvre-feu.

Le château datait du XVIe siècle. Forteresse construite par les Génois qui l'utilisaient comme caserne, ses murs avaient emprisonné les Corses qui combattaient à l'époque pour sauvegarder l'indépendance de l'île.

Aujourd'hui le château et son village connaissaient des jours clairs. Cependant qu'une certaine gravité s'attardait sur ce centre de vie, comme des lambeaux de brume s'attardent dans les parties creuses de la campagne, agrippés par les taillis, englués par la glaise.

Le vieux Luiggi gardait le silence. Il indiquait la direction de la main et Roland ne sollicitait pas trop le moteur. La mer s'étendait à leur gauche. A droite, la montagne et la végétation naine du maquis dont chaque mètre carré se ressemble; la bruyère, le thym bleu, les chardons, les pierres blanches sur les amorces de sentier et les blocs plus sombres, éparpillés, seuls ou en chapelets, donnant parfois l'impression d'être suspendus.

Les figuiers de barbarie surplombaient la route, imprimant une note exotique de plein soleil. – L'île n'était pas encore l'Europe. Roland et Manu, qui venaient du Pacifique, acceptaient ce dépaysement progressif.

Après L'Ile-Rousse, Luiggi remonta sa main droite à la hauteur du pare-brise et la camionnette abandonna le littoral pour s'enfoncer à l'intérieur des terres. Roland se maintenait en seconde sur les lacets de la route. Les virages étaient tapissés de graviers qui roulaient sous les pneus lisses.

– On trouvera bien une pelle et une pioche là-haut... fit-il.

Ce n'était pas une question et il s'étonna lui-même d'entendre le son de sa voix. Le silence n'en fut pas dupe et il reprit possession de la petite cabine.

Le vieux pensa à son fils, tué à ses côtés dans la Somme. Il l'avait enterré lui-même et, après la guerre, avait ramené le cercueil en Corse. Avant de l'ensevelir il l'avait ouvert; il y avait tellement de cadavres à cette époque qu'une erreur était toujours possible.

A la vue du jour le corps de son fils s'était affaissé brusquement. De reconnaissable, il ne subsistait qu'une vieille bouteille renfermant un morceau d'étoffe marqué d'une croix brune – les signes placés par le père, pour que le temps ne puisse effacer l'ultime certitude, pour que le père puisse s'incliner, les années suivantes, sur la tombe de son véritable enfant.

– Quand on est certain, un cercueil faut pas l'ouvrir, dit-il avec gravité.

Manu le regarda à la dérobée et pensa qu'il déraillait un peu.

Entre les hautes collines, des plaines descendaient jusqu'à la mer. Des oliviers centenaires imposaient leur épaisseur tourmentée. Des brebis remuaient à peine entre les amandiers.

Le cimetière était situé sur la route elle-même, à sa gauche, en montant, enfermé dans la boucle d'un virage en épingle à cheveux.

Roland quitta la route et rangea la voiture devant la grille. Les tombes orgueilleuses s'élevaient au-dessus du mur. La grille était simplement entourée d'une chaîne sans cadenas. Roland l'ouvrit et ils eurent la vision plus nette d'un grand bâtiment rectangulaire érigé au centre du cimetière. Il était de granit de différentes couleurs. Une porte peinte en rouge s'alourdissait de cloutage et de ferrures.

Les trois hommes s'avancèrent. Le fronton extérieur de ce temple étrange s'ornait de deux serpents entrelacés. Plus haut, un bonhomme tenant son pied. Sur les côtés, des animaux : idoles païennes.

On voyait mal, gravé dans la pierre près de la porte : 1177.

Roland et Manu commencèrent à chercher la tombe. Ils marchaient lentement, sous les yeux du maire. Des noms défilèrent : Suzzoni... Imperiali... Antonini...

Sur une tombe anonyme : « A Lourdes j'ai prié pour toi. » Et encore des noms : Marcelli... Mariani... Octaviani...

Les tombes des grandes familles s'adossaient au mur; on les voyait de loin, éclaboussantes de blancheur.

Au centre il y avait des mauvaises herbes, mais aussi de splendides géraniums, dont un bleu, près de la grille.

Manu s'arrêta le premier en face de la petite pierre tombale bien propre, d'un rectangle assez long, entourée d'une chaîne soutenue à cinquante centimètres du sol par des piquets de fer.

Il y avait le médaillon d'une vieille femme incrusté dans la pierre. Il y avait un livre ouvert, un livre figé aux pages trop lourdes pour être tournées. Un lierre en relief servait d'en-tête aux lignes suivantes :

Comme une fleur brisée au souffle de l'orage,
La mort nous l'a ravie au printemps de son âge,

1940-1955

Et puis les deux noms : Pierrette Bartoli et Émilie Bartoli.

– Sa mère et sa sœur, murmura Manu.

Le père du petit Laurent était mort en déportation.

– Et l'oncle? demanda Roland à Luiggi qui s'était avancé.

– Il y a d'autres Bartoli contre le mur, répondit-il.

– On s'arrête là, décida Manu. Avec sa mère et sa sœur il sera mieux.

Roland s'éloigna et revint assez vite muni d'une pelle et d'une pioche. Les aventuriers allèrent chercher le cercueil, le déposèrent près du tombeau et s'inclinèrent vers le sol pour déplacer, creuser, écarter la terre, afin de ménager une place au petit Laurent. – La dernière.

Le vieux Luiggi s'assit sur le cercueil, une main bien à plat sur le bois aux teintes cuivrées.

Les deux hommes avaient retiré leur chemise de toile. Roland maniait l'outillage avec précision. Sa musculature avait la puissance contenue des forces naturelles, héritage paysan dont il était fier, tandis que Manu avait acquis sa condition athlétique dans la pratique des sports violents.

Ils ouvrirent la tombe et la comblèrent sans prendre de répit. Ils avaient secrètement peur de la tombe ouverte. Ils savaient que la terre ne pouvait pas être légère. La terre était lourde. Il ne servait à rien de n'en jeter d'abord qu'une poignée en murmurant « qu'elle te soit légère ». Elle était lourde. C'était sa condition d'être lourde et d'ensevelir pour jamais.

Jamais plus ils ne reverraient le petit Laurent. Le battement de sa vie n'émettait plus aucun son. Avant de saler sa viande, il jetait toujours un peu de sel sur le sol, par jeu, par superstition, par habitude...

Roland regroupa la pelle et la pioche et bloqua les deux manches réunis dans sa grande main. A la droite, deux doigts manquaient, coupés à la deuxième phalange.

La panique montait sourdement dans la poitrine de Manu. Il regardait sans y croire la grille du cimetière. Il se demandait comment il en sortirait, comment il pourrait tourner le dos à Laurent. Il suivit le regard du vieux Luiggi qui détaillait la porte sanglante du temple.

– C'est vide là-dedans?... dit Manu d'une voix blanche.

Et il s'avança, ouvrit la porte, s'abritant désespérément dans la fraîcheur de la grande salle.

Roland le suivit. Manu ne se retourna pas. La tête basse il fixait les plaques de marbre blanc incrustées entre le carrelage rouge.

Deux rangées de trois, plus une au centre devant l'autel : sept plaques, le chiffre magique.

Sur ces plaques en relief, on lisait la mort sur toutes ses faces : les squelettes, les crânes aux orbites creuses, les tibias croisés.

Manu se retrouva enfin dans le soleil, fortifié par l'âpreté des images.

Le vieux Luiggi n'osait tendre la main aux deux hommes. Il voulait parler de son fils enterré de ses mains. Il n'osait pas non plus.

– C'était par balles? demanda-t-il simplement.

Roland et Manu connurent l'incroyable apaisement de l'acier froid appliqué sur une plaie brûlante. Ils acquiescèrent en regardant le vieux qui se redressa davantage.

Ses prunelles usées étaient sèches. Il lui semblait entendre les combats du maquis et cette loi de la poudre qui régissait l'île au temps de sa jeunesse.

Manu ne s'y trompa pas. Il posa sa main sur le bras de Luiggi et dit en regardant le fer de la pioche :

– On l'a vengé... sur place.

Roland jeta avec fracas les outils sur le plateau de la camionnette. Le bruit les aida à rompre avec une partie d'eux-mêmes.

Ils ne pouvaient plus tricher, ils étaient contraints d'abandonner ce qui leur manquerait sans cesse.

II

Entre L'Ile-Rousse et le golfe de Saint-Florent la Corse hausse un peu l'épaule : c'est le désert des Agriates. La route le longe sur cinquante kilomètres, à l'intérieur des terres.

La mer le maintient de l'autre côté. Roland conduisait la 403 décapotable grise, louée à Calvi. Manu, debout, dépassait de la tête et des épaules au-dessus du pare-brise.

La sécheresse régnait sur les Agriates et la maigre végétation ne lui devait aucun merci. Elle couvrait mal la pente des monts, trouvant dans les petites vallées une meilleure chance de durer. Des vallées tapissées de pierraille. L'homme ne pouvait que traverser ces lieux.

La sueur brûlait les yeux de Manu. Il s'essuya de la paume de la main et Roland stoppa. Il venait d'apercevoir une chèvre, à droite, sur un rocher surplombant la route. C'était une grande chèvre aux poils longs.

Roland descendit, se recula et vit les autres chèvres. Un chien aboya, à gauche, de l'autre côté de la route.

Une femme vêtue de noir sortit d'une maison de berger. Roland et Manu sautèrent en contrebas. La maison était ronde. Elle était construite en pierres sèches avec de la mousse en guise de ciment.

Une odeur de fromage flottait dans l'air calme. La vieille femme posa des yeux vifs sur les deux hommes. Sa figure était ridée au possible.

Un chien hirsute grondait, elle lui jeta un ordre bref d'une voix sans fêlure. Le chien étouffa son grondement et se rapprocha des jambes de la femme. Elle portait des chaussures d'homme aux contreforts avachis.

– Antonelli? demanda Manu.

Elle contourna la maison ronde. Ils la suivirent. Une petite terrasse de terre battue dominait une pente. Le soleil chauffait un vieil homme assis sur un banc, adossé au mur de la maison.

Il ressemblait à sa femme. Roland pensa que la ressemblance était le privilège des vieillards et des enfants. Roland eut l'impression que depuis son arrivée dans l'île il n'avait rencontré que des enfants, des jeunes gens et des vieillards. Il ressentit confusément ce déséquilibre dans la population.

Le vieux berger salua de la main. Un tout petit

geste, comme s'il cherchait à économiser ses forces pour prolonger sa vie.

Les chèvres, curieuses, avaient quitté leur poste d'observation pour traverser la route et s'approcher de la maison.

Roland sentit qu'elles couchaient dans la même maison que le vieux couple. Cette masse, ronde, basse, au toit de pierres plates, reculait dans le temps, s'inscrivait dans la lignée des crèches. Roland dénombra les chèvres : huit. Il chercha vainement la trace des brebis ou d'autres chèvres. La vie entière semblait se grouper sur ces quelques mètres. Plus rien ne palpitait aux alentours.

– Antonelli, répéta Manu.

– C'est lui, dit la femme.

Et le vieux remua la tête.

– Et vous, vous êtes une Bartoli, précisa Manu.

Elle posa la main, les doigts écartés, sur l'étoffe sans âge de sa jupe. Il y avait des lustres qu'elle ne prononçait plus, ni n'entendait plus prononcer son nom de jeune fille.

– Nous sommes des amis de Laurent Bartoli, dit Manu.

Elle regarda son mari et lui adressa quelques mots en patois. « Laurent » sonna deux fois. Le vieux regarda les hommes et se leva. Manu s'attendait à ce qu'une des articulations se brise dans un craquement sec, comme du bois mort. Le vieux s'appuya sur sa canne, un morceau d'olivier, et se planta plus solidement en face des deux hommes.

– Laurent... murmura-t-il et une immense bonté assaillit son regard.

La femme était la tante de Laurent mais elle laissait l'homme se mesurer avec la situation.

Manu avala sa salive et Roland croisa ses bras sur sa poitrine en pesant le plus possible contre sa cage thoracique.

Manu sortit de sa poche un mouchoir noué aux quatre coins et le tendit aux vieux. La femme remplaça les doigts malhabiles et dénoua le mouchoir.

Il y avait un briquet, une montre, une chevalière, un vieux porte-cartes, une chaîne d'argent avec l'emblème corse (une tête de Maure).

Le couple regardait les objets sans y croire. La femme les supportait dans le creux de ses mains. Ils n'y touchaient pas.

Le berger se décida; il posa sa main sur l'ensemble, les dissimulant aux yeux de tous.

– Nous sommes très vieux, dit-il doucement (il répéta)... très vieux.

Il poussa les mains de sa femme vers Manu qui récupéra les objets. Sur le bateau il y avait une chose beaucoup plus importante qui appartenait au petit Laurent. Une chose qu'ils se proposaient de remettre à sa famille dès qu'ils l'auraient trouvée. Et voilà que la famille refusait d'abord le mouchoir noué sur les objets quotidiens.

Le Corse déboutonnait ses vêtements comme un somnambule. D'une poche perdue dans les replis, il extirpa une vieille carte postale.

Elle datait de plusieurs années. Manu et Roland se penchèrent sur l'image fripée d'un coin de la Bretagne : Fouesnant et son église.

— Là-bas, ils sont employés, dit la femme.

Il s'agissait d'une cousine du petit Laurent mariée à un postier et postière elle-même.

— Eux, c'est des jeunes, dit le vieux.

Il vivait lentement, dans sa maison ronde, au rythme du soleil et de la nuit. Il vivait de ses souvenirs dont le flot doux remontait chaque jour. Il n'avait plus besoin d'objets, ni de rien. Il comprenait que les objets devaient survivre entre les mains des vivants.

— Nous, on est trop vieux, dit-il encore en s'asseyant et en s'adossant au mur tiède.

Son regard traîna un peu sur les hommes et une ébauche de sourire timide anima la commissure de ses lèvres.

Manu referma sa main sur le mouchoir et l'angle du briquet marqua sa chair.

— Vous êtes employés, vous aussi? questionna la femme.

— Non, dit Roland, on n'est pas employés.

Une incompréhension un peu angoissée s'empara de la femme.

— Votre père était employé, lui?

— Non, dit Roland, il n'était pas employé. Alors de quoi vivaient ces gens qui n'étaient pas employés et qui ne possédaient pas de chèvres? Elle regarda les siennes.

— Vous n'avez que ça? demanda Roland avec une sorte de respect.

Ils n'avaient que ça : huit chèvres. Manu passa une main sur son front. Et l'argent, comment faisaient-ils pour l'argent? Pour le pain, les vêtements?

Ils appliquaient la vieille loi de l'échange. Un besoin d'en savoir davantage, d'émerger de cette mascarade, empoigna Manu. Le vieux avait tout dit mais la tante du petit Laurent parla avec une gentillesse résignée ou émerveillée, suivant ce qu'elle évoquait.

Le bout de terrain, cette pente rocheuse sur laquelle s'arcboutaient les chèvres, venait d'un héritage du vieux.

Ils avaient alors quitté la montagne au centre de l'île où ils gardaient le troupeau d'un riche.

Et ils étaient venu « s'établir à leur compte ». Elle ne connaissait rien de son île. Même pas Calvi.

Elle connaissait Aregno, où reposait le petit Laurent, la montagne où Antonelli l'avait conduite, et ce coin du désert des Agriates.

C'était tout. Et elle avait quatre-vingts ans. Lui, quatre-vingt-six.

Roland n'osa pas s'imaginer ce qu'il adviendrait si une épidémie décimait les chèvres.

– On ira voir les employés de la poste, en France, promit Manu.

Le vieux entendit et approuva de la tête.

La séparation ne comportait pas d'autres mots. Manu et Roland reculèrent jusqu'à la route. Ils étaient gênés de tourner le dos aux deux silhouettes noires car ils emportaient l'impression d'avoir troublé leur repos.

Dans la voiture qui les arrachait du désert ils furent long à se libérer de cette ambiance, de ce spectacle de l'être humain ramené à l'essentiel. Ils avaient connu d'autres nomades et des peuples vivant de leur poisson et du fruit de leurs arbres, mais ils étaient trois pour en parler, s'en étonner ou bien en rire.

Aujourd'hui à la place du troisième, il y avait une famille exténuée, la main crispée sur la mamelle d'une chèvre parce que la mort s'était emparée de l'autre main.

Manu tenait toujours les objets du petit Laurent. Il regardait devant lui. Roland connaissait ce regard, neutre en apparence, mais qui dissimulait une infinie tristesse.

– On va leur acheter d'autres chèvres, des brebis et un petit âne, dit Roland (il ajouta), après on s'en ira.

Manu pensa que le vieux Antonelli serait encore superbe à califourchon sur un âne.

– Et aussi une maison dans un endroit mieux, dit Manu.

Roland réfléchit tout au fond de lui-même...

– Non... non, c'est inutile, répondit-il. Ils ne quitteront jamais leur coin.

Il surveilla la route avec une attention plus soutenue.

– Tu vois, dit-il encore, de changer d'endroit, ça les tuerait.

A l'approche de L'Ile-Rousse, ils croisèrent d'autres voitures. La ville était ombragée. Dans les cafés, à la terrasse on voyait beaucoup d'hommes qui regardaient passer les filles.

La mer était proche. D'un bleu qui s'atténuait à l'horizon. Manu avait hâte de retrouver le petit cotre. Pour en finir complètement, si cela était encore possible.

Roland tenait la barre et Manu regardait la terre de Corse. Le château d'Algajola reprit sa place, absorbé par le village, et le village s'allongea, devint un petit renflement sur la côte, comme le repas d'un gros serpent digéré par étirement.

Entourés d'eau et de ciel ils naviguaient par automatisme. La voile ne claquait pas. Le vent la tendait d'une poussée continue, franchement, comme s'il présidait au dernier débat, à cet étrange retour.

Le bateau se comportait avec la vaillance de ceux qui veulent gagner l'estime d'un supérieur ou désirer plus noblement qu'on ne les oublie jamais, même beaucoup plus tard, loin des yeux.

En vue du port de Marseille, Roland groupa sur le pont le matériel d'exploration sous-marine, d'une conception spéciale. Il y avait aussi un petit tank, d'un mètre cinquante de long sur cinquante centimètres de large. Deux tubes d'acier sortaient de chaque côté, vers l'avant. Ils étaient terminés par des doigts monstrueux en forme de tenaille.

Roland posa ses grandes mains sur la carapace et, d'un seul coup, dans un effort redoutable il bascula l'engin que la mer engloutit en une seconde.

Roland se redressa et son avant-bras replié s'appuya contre son front, le coude au-dessus de la tempe, les yeux à l'abri du soleil.

Il récupéra ses esprits et, dans une rage sourde, jeta les scaphandres, les moteurs, les câbles. Le pont était net. Derrière le bateau il n'y avait que le sillage habituel. Et, sur le bateau, deux hommes qui venaient de faire des gestes prévus des années à l'avance, mais qui n'osaient pas se regarder car ils n'avaient pas tout prévu.

Ils passèrent entre les deux forts carrés du port de Marseille et s'amarrèrent près du bassin de carénage.

Roland descendit pour régler les formalités habituelles. Manu l'attendit sur le bateau, désœuvré, traînant ses mains sur les cordes, le toit du rouf, encerclant le mât de son bras.

Roland le retrouva étendu sur le pont, indifférent à la curiosité que le bateau suscitait déjà.

– C'est fini, annonça Roland.

Ils descendirent dans le rouf et entassèrent lentement, sur leur couchette respective, ce qu'ils conserveraient.

Roland emportait deux coquillages géants, très colorés, un arbre de corail, une statuette léguée par un indigène des îles Sous-le-Vent et un livre plat d'un plus grand format que les collections courantes. C'était *Le Petit Prince* de Saint-Exupéry. Des yeux il chercha s'il n'oubliait rien et enferma ses reliques dans un sac imperméable dont il tira la fermeture éclair.

Manu emportait son poignard, son automatique (un 9 mm dans un étui d'aisselle) et l'ukulélé dont il s'acharnait à tirer des sons cohérents les soirs de spleen.

A son tour il chercha s'il n'oubliait rien, et se baissa pour saisir la poignée d'une grande cantine de fer. Roland prit l'autre poignée. La cantine était lourde.

La vente du bateau était prévue depuis le début de l'aventure, d'autres bateaux étaient à vendre le long du quai. Une pancarte accrochée au mât : À VENDRE. S'ADRESSER À X., rue Y...

Et les passants examinent les coques d'un œil critique, se demandent même si elles ne prennent pas l'eau. Manu et Roland songèrent aux interminables marchandages. D'abord de quelle base partir? Du poids, de la longueur, de l'absence de peinture, de la pièce posée par le petit Laurent en bas de la voilure?

Pourquoi avoir prévu de le vendre? pensa Manu. Pourquoi? Ils regardèrent la cantine déposée à leurs pieds. Elle était lourde et ils comprirent que le sort du bateau serait différent. Ils avaient cru pouvoir imaginer ce que serait cet instant, à quai, face au bateau qui avait terminé son travail.

A quelques mètres deux types pêchaient, entourés de deux ou trois garçons plus jeunes. Ils devaient traîner leurs guêtres toute la journée sur le pont.

Manu ne s'adressa pas à ceux qui ne faisaient rien, mais à l'un des deux pêcheurs, âgé d'environ dix-huit ans.

– Tu ne pourrais pas aller nous chercher un taxi? demanda-t-il.

Le type leva sa tête triangulaire, aux pommettes saillantes. Ses cheveux étaient sombres, plantés assez bas, mais son œil allait loin.

Il regarda les autres, hésita, tendit sa ligne à l'un des gosses, se leva, détailla davantage Manu et Roland.

– J'y vais, dit-il.

Il agissait avec plaisir. Peut-être aussi dans

l'espoir d'une gratification. Mais son accentuation n'était empreinte d'aucune servilité.

Une fois la cantine en fer chargée dans le taxi, Manu et Roland restèrent debout près du taxi en compagnie du jeune type, enfermés dans le cercle de quelques badauds.

La lumière de la fin de l'après-midi adoucissait les heurts du port, et les chocs assenés contre une coque en réparation n'accaparaient plus.

– Comment tu t'appelles? demanda Manu en posant la main sur l'épaule du jeune type.

– Antoine Ripa, répondit-il.

– Corse? fit Manu.

– Oui...

– On en vient, dit Manu en désignant à leurs pieds le cotre immobile.

Le bateau sentait le tour du monde. Jadis, Roland l'avait choisi pour sa coupe de bateau rapide qui élargissait les horizons, avant même de franchir la limite du port.

– Tu peux lire le nom? questionna Manu.

Antoine Ripa se déplaça et plissa les paupières. Le nom était à l'avant, de biais, d'un seul côté. Il distingua un « M » et sans doute un « T » un peu plus loin, ou un « I ». Il n'aurait pu l'affirmer.

– On voit plus rien... murmura-t-il.

Le bateau portait le nom d'une femme : MARTHE. Elle avait refait une vie ailleurs. Les intempéries avaient gommé son nom sur le bateau. Manu y voyait un signe; celui de l'oubli.

– Il ne te reste plus qu'à trouver un autre nom, dit Manu.

Roland déposa une enveloppe de toile entre les mains d'Antoine Ripa.

– C'est en règle, dit-il.

– On va te faire un papier et on te laissera une adresse si tu avais un ennui quelconque, ajouta Manu.

En quelques secondes Antoine Ripa se trouva propriétaire du bateau et il n'était pas remis de sa stupeur que le taxi démarrait, emportant les inconnus.

Cela ressemblait à un conte de fée. Quelqu'un le dit très haut, avec l'accent chantant. D'autres exclamations suivirent, s'enflèrent. On parla même de « voir la police », « on ne savait jamais, après tout ».

Le jeune homme regarda les papiers sans les lire, et puis le bateau, et puis encore les papiers. Et puis les gens avec leurs yeux, leurs mains remuantes, leur avidité qu'il ressentait confusément, leur allure courte et grotesque. Le bourdonnement de la grande ville descendait en lui. Il lui sembla à la fois ne plus exister et vivre très fort.

Il pensa à sa petite amie qui vendait des fleurs au cours Saint-Louis et, d'un bond, il sauta sur son bateau.

III

A Fouesnant dans le département du Finistère, la poste ouvrait à 9 heures, fermait à 12, réouvrait à 14, et refermait à 17.

Le guichet était à droite en entrant. En face il y avait la cabine téléphonique. A gauche, le pupitre incliné et une plume inutilisable fichée dans une encre épaisse. Les gens sortaient leur pointe Bic et s'appliquaient sur les formules des mandats et des télégrammes.

La postière s'appelait Mme Moulin. Elle était mariée à M. Moulin, facteur. Moulin avait débarqué en Corse avec les troupes libératrices.

L'île, bondée de filles, accueillit avec allégresse le poids des jeunes hommes. Le matériel de l'île était d'une rare efficacité : la lune, la tiédeur de l'eau, l'arôme des plantes sauvages, les yeux qui ne se baissaient pas toujours et qui troublaient encore davantage baissés que levés, les jupes courtes, le rire et le balancement des hanches saines.

Moulin, nature simple et peu ambitieuse, se

trouva néanmoins doté d'une femme, née Françoise Bartoli. Elle avait fréquenté le lycée de Bastia et, lorsque après la guerre la patrie reconnaissante ouvrit à Léon Moulin les portes des P.T.T., sa femme ne resta pas en remorque.

Léon Moulin n'avait plus de famille.

Sa femme écrivait encore en Corse, de loin en loin, à une vague parente très vieille, mariée à un berger. Elle ne répondait jamais sachant à peine lire et ne sachant pas écrire. D'ailleurs elle était peut-être morte.

Il y avait aussi un cousin, du côté des Bartoli. Un impulsif, un rêveur, qui ne disait jamais où il allait ni d'où il venait, qu'il fut impossible de joindre à l'époque de la naissance d'André Moulin et encore plus les jours de longue maladie, lorsque l'enfant dépérissait.

Léon Moulin ramassait le courrier avec une conscience exacte. Sa femme parlait gentiment derrière son guichet, même submergée par le flot des vacanciers.

Il avait fallu l'Océan pour aider le gosse à survivre. L'administration avait muté le couple à Fouesnant, les arrachant ainsi d'un trou de campagne humide en Sologne.

Mme Moulin songeait en secret à un poste plus important. Elle s'essayait à pousser des livres d'étude sous les yeux de Léon, le soir. Il louchait vers sa petite bibliothèque garnie de « Série noire » et de « Spécial espionnage », et se résignait mal à déchiffrer le code des P.T.T.

La femme surveillait l'œil du mari. Elle ne lui trouvait aucun reflet. L'œil butait sur les pages sans les percer. Il était à la mesure du cerveau.

Elle avait trente-deux ans et lui trente-six. Elle était bien en chair. Pendant les chaleurs elle n'avait qu'une blouse sur sa peau, ou presque. Les hommes la regardaient davantage.

L'appartement n'était séparé du bureau que par une porte. Trois pièces, une cuisine, une buanderie et le jardin.

Au début elle jugeait cela très pratique. Aujourd'hui la mitoyenneté la gênait. Elle aurait voulu une maison à part. Le travail bien délimité, et la maison bourgeoise après le travail. La maison satisfaite, étouffant les bruits.

Les gens écoutaient jouer son fils en expédiant leur mandat, humaient les émanations de la cuisine, lançant des plaisanteries faciles sur le menu que la « brave petite postière préparait au petit facteur de son cœur ».

Elle avait l'impression de tenir une loge de concierge, dont chaque locataire connaîtrait l'emplacement du lit.

— Vous désirez? demanda-t-elle à l'homme qui présentait son visage dans l'ouverture du guichet et ne déposait ni paquet, ni lettre, ni argent sur le comptoir.

– On arrive de Corse, répondit-il.

A travers les grilles elle découvrit un deuxième homme. Ils avaient le teint hâlé et l'étoffe légère de leurs costumes les plaçait au rang des touristes fortunés.

– Que se passe-t-il? demanda-t-elle en dissimulant un début d'inquiétude.

– On voudrait vous voir ailleurs. C'est pour parler de votre cousin Laurent Bartoli, expliqua Manu.

Elle leva les yeux sur la pendule accrochée au mur. Le bureau fermait dans une heure à dix-sept heures.

« Laurent » était synonyme de catastrophe. Autour d'elle, pendant l'enfance, elle en avait beaucoup entendu parler. Les avis étaient partagés mais, dans l'ensemble, on pouvait s'attendre au pire. Elle le connaissait. Il l'avait toujours traitée avec une indulgence irritante, entre deux apparitions.

Elle réfléchissait rapidement. Laurent ne pouvait pas savoir ce qu'elle était devenue. La présence de ces hommes prenait l'allure d'une enquête policière.

– Revenez dans une heure, derrière le bureau de poste et vous verrez mon mari, dit-elle d'un ton ferme.

Elle n'échappait pas à la règle; les femmes qui réduisent le rôle du mari au strict minimum ne cessent de le pousser en avant dès qu'il s'agit de gagner du temps.

« J'ai un mari, vous savez, moi!... »

« Mon mari vous expliquera mieux que moi. »

« Je me plaindrai à mon mari. »

« Il n'y a personne, monsieur, revenez ce soir, vous vous arrangerez avec mon mari. »

Le soir le mari rentre. Il voit d'abord sa femme.

« Alors tu as bien compris. Tu écoutes d'abord et tu réponds NON à tout. Et puis pas un non qui veut dire oui, comme tu fais d'habitude. Un vrai NON. Tu pourras même taper sur la table.

— Et s'ils ne demandent rien? répondit le mari.

— On ne vient pas de si loin pour ne rien demander. Tout le monde sait ça (elle haussa les épaules). A moins que tu n'oses pas dire non.

— On verra bien.

— Maintenant c'est « on verra bien », dit-elle en élevant la voix.

Il eut envie de lui répondre qu'il n'était pas responsable d'un cousinage de cet ordre.

— C'est facile de dire non. Ne t'inquiète pas, promit-il.

Ils entendirent frapper à la porte vitrée de la cuisine qui donnait sur le petit jardin.

— Reste-là, dit-elle en allant ouvrir.

Manu avait les mains vides. Roland portait son sac de voyage en toile imperméable. Ils saluèrent aimablement et suivirent la femme. Dans la salle à manger elle se retourna, désignant un homme assis en face d'un journal.

– M. Léon Moulin, mon mari, annonça-t-elle.

Avant de serrer les mains qui se tendaient vers lui, Léon jeta un bref coup d'œil à sa femme. Elle était figée dans une attitude réprobatrice. Léon décolla légèrement ses fesses de la chaise, prenant appui d'une main sur la table.

Et il tendit l'autre main. Une main un peu molle que les aventuriers serrèrent sans broncher. Léon se laissa retomber du haut des quelques centimètres.

Il avait l'impression d'avoir fait les choses à demi, d'avoir reçu normalement les importuns tout en ménageant son épouse.

Roland déposa son sac à ses pieds et s'installa dans un petit fauteuil, sans y être invité.

– Par alliance, vous êtes le cousin de Laurent Bartoli. Et nous, nous sommes ses amis, dit Manu.

– Je n'ai jamais vu ce Laurent Bartoli et ça n'est pas de la faute de ma femme si elle est sa cousine, répondit-il d'une voix qu'il désirait ferme.

– Ce n'est pas de notre faute non plus si nous sommes ici. Il y a des endroits qui ne nous plaisent pas, à mon ami et à moi, dit Manu dont la patience avait d'étroites limites.

Il se retourna vers la femme et elle détourna la tête.

– Vous détestiez votre cousin? Il vous avait maltraitée? questionna-t-il d'un ton sec.

— C'est d'après ce que les gens racontaient, se défendit-elle.

Manu et Roland se regardèrent. Ils étaient tristes et ne savaient plus très bien comment agir pour rester en plein accord avec les dernières pensées du petit Laurent.

— Laurent est mort, dit Manu.

Il jeta sur la table, sous le nez du facteur, le mouchoir rempli des objets usuels.

— Avant de mourir il a parlé de sa famille. Il s'est trompé, mais ça vous revient quand même, dit Manu.

Léon regarda sa femme qui inclina la tête affirmativement. Il dénoua le mouchoir. Elle avança le buste pour voir et, devant la pauvreté de l'héritage, elle fit la moue.

— Il est mort de quoi? demanda-t-elle.

— Un accident. Près de la Nouvelle-Calédonie.

Léon ouvrait le porte-cartes. Il voyait la photo de Laurent pour la première fois. Il le trouvait sympathique.

— C'est loin, dit-il pour meubler le silence.

— Ça me fait drôle de le savoir mort, commença-t-elle à pleurnicher.

— Ne vous croyez pas obligée de pleurer, lui dit Manu.

Roland avait les yeux sur son sac. Manu suivit son regard. Il leur sembla impossible d'aller jusqu'au bout. Une envie de gifler cette femme le visita.

– La tombe est à Aregno. Avec sa mère et sa sœur. Vous n'irez jamais, mais au moins vous le savez, coupa-t-il.

Roland se leva. Il comprenait que Manu ne dirait pas le reste. Le facteur se leva à son tour.

– C'est bien gentil d'avoir fait tout ce chemin pour nous porter ça, dit-il avec conviction. Alors je peux... je peux porter la bague? (Il la tripotait du bout des doigts.)

– Vous pouvez, dit Manu, touché par la naïveté de l'homme.

Roland se leva pour suivre Manu qui, le dos déjà tourné au facteur, n'avait qu'une hâte : celle de prendre la porte.

L'enfant déboucha dans la pièce et, à la vue des deux hommes il s'arrêta net. Roland, stupéfait, redéposa le sac à ses pieds et chercha le regard de son ami.

Manu dévorait l'enfant des yeux, un petit garçon d'une huitaine d'années. Ses cheveux blonds, sa lèvre supérieure un peu ourlée, ses pommettes hautes, la vivacité du regard et surtout le front large et bombé, en faisait une émouvante réplique de Laurent, comme si Laurent avait eu un fils.

– Va jouer dehors, lui ordonna sa mère.

L'enfant s'y résigna mal. Il se balança une seconde sur ses courtes jambes, regarda le sac de voyage et les grands pieds de Roland et se rapprocha de la porte.

Roland se baissa, referma ses mains autour du petit corps et le souleva très haut dans ses bras.

— Et comment s'appelle ce petit bonhomme! s'exclama-t-il.

Le visage de Roland était plissé par le rire. Les animaux et les enfants ne résistaient pas à Roland.

— André, dit l'enfant qui se sentait bien, au bout des bras forts.

— Tu peux être sûr que c'est un joli nom! Ça tu peux en être sûr!

Roland criait presque. Il se laissa choir dans le petit fauteuil et installa l'enfant sur ses genoux.

Manu souriait avec une sorte de gravité. Le père et la mère souriaient gauchement, ne sachant pas trop quelle attitude adopter.

— Laurent nous avait parlé de votre fils, dit Manu.

Roland ne leva même pas la tête. Il savait que Manu pouvait débiter les mensonges les plus énormes avec un rare naturel.

— Il a neuf ans et il a été très malade, dit la mère.

Le facteur approuva en pivotant sur la chaise qu'il n'osait plus quitter.

— L'air est bon ici, affirma Roland qui ne croyait pas si bien dire.

La mère se lança dans une évocation de ses souvenirs douloureux accompagnée des « on en a vu, vous savez », « on a cru qu'on allait devenir fou »,

« et son père dans quel état il était, ce n'est rien de le dire ».

Manu s'empara du sac, l'approcha de la table, l'ouvrit, et se baissa pour en tirer des liasses de billets. Il les aligna sur la table. Jusqu'à la quinzième liasse. Chacune des liasses était compressée par deux larges élastiques. La table était recouverte d'une toile cirée blanche ornée de bleu et de rouge.

— Mille billets de dix mille francs par liasse, ce qui fait dix millions par liasse, annonça Manu.

La femme multiplia dix millions par quinze et obtint un total de cent cinquante millions. Elle ramena ses bras contre sa poitrine, les mains près de sa gorge.

Le facteur ferma et ouvrit ses yeux à différentes reprises. Il avança lentement sa main gauche et la posa sur une liasse; elle avait la densité d'un livre neuf aux nombreuses feuilles minces.

— C'est pour le gosse, dit Manu en se retournant vers l'enfant auquel Roland montrait des médailles et des pièces étrangères en argent. On va tout régler chez un notaire. Il placera une partie de l'argent et vous toucherez les intérêts pour que le gosse puisse suivre les grandes écoles. Juste pour ça. Et, à sa majorité, il héritera.

La femme ne quittait pas des yeux la fortune qui ne lui appartenait déjà plus.

— C'est argent c'est... c'est quoi? finit par demander le facteur.

— Tout est en règle, assura Manu. On a des papiers, on a tout. Quant aux dernières volontés de Laurent il n'a pas eu le temps de les écrire mais avec mon ami on est là pour témoigner et jurer de tout ce qu'il faudra jurer.

Manu replaça méthodiquement les millions dans le sac et le petit crissement net de la fermeture éclair marqua l'étape franchie par l'argent. Avant de sortir, en fixant le rendez-vous chez le notaire, Manu éprouva le besoin de clarifier la situation à seule fin d'éviter les attitudes douteuses, insinuantes, en présence du notaire.

— Écoutez-moi bien, dit-il au couple. Rien ne nous obligeait à venir ici. Tout est conditionné à notre bonne volonté. On ne vous demande même pas de la reconnaissance. Vous ne portiez pas l'ombre d'un bon sentiment à Laurent. Si légalement on ne peut rien déposer sur la tête du gosse en son nom, on le déposera au mien et je garderai la part de Laurent, ce qui reviendra au même. Chez le notaire vous venez faire acte de présence et dire oui à tout ce que l'on vous demandera (il s'adressa à l'homme en particulier). Ce n'est pas difficile de dire oui...

— Tout ça est si brusque et si incroyable, murmura l'homme que son épouse avait chargé de répondre NON à tout.

« Elle serait bien avancée maintenant si je répondais NON », se dit-il.

Il la regarda et elle lui sourit pour le tranquilliser.

– Vous vous y ferez et demain tout sera clair, dit Manu. On ne veut pas que vous profitiez trop de la fortune de Laurent. Vous avez le gosse, c'est votre meilleure chance.

La mère remercia et cacha la tête dans ses mains. Le père pensa au mort auquel il devait la fortune de son fils, un peu comme il pensait au destinataire d'une lettre qui venait de loin.

– Il est mort dans un accident de voiture? demanda-t-il sur le ton de ceux qui portent un grand intérêt à une question.

Et il y avait tellement d'accidents de voiture. Hier encore au carrefour de Beg-Meil, un mort et deux blessés. Pourtant on le savait que la visibilité y était courte.

Le facteur soupira; les morts de la veille n'empêchent pas celles du lendemain.

Manu ne voulait pas répondre. Mais il parla quand même en regardant Roland qui avait juché le gosse sur son épaule.

– Non, pas un accident de voiture. Seulement à cause des gens qui trouvaient qu'on était trop riches.

– Mon Dieu, le pauvre! s'écria la femme en pensant que l'argent l'avait échappé belle. C'était pour le dépouiller!

– Quelque chose de ce genre, oui, dit Manu.

La lumière de la Bretagne jetait, sur les faïences accrochées au mur, des tons quotidiens.

— J'espère que la police a arrêté les coupables, dit le facteur d'une voix convaincue.

Roland regarda son ami. Ils avaient eu de la chance de rencontrer d'abord le vieux Luiggi, de n'avoir eu que sa silhouette le jour de l'enterrement, de n'avoir entendu que sa voix soudain raffermie émettre les vraies paroles, celles qui n'évoquaient la poudre que pour mieux connaître le prix de la vengeance.

— Où nous étions il n'y avait pas de police, dit Manu en s'emparant du sac.

L'enfant entourait la grosse tête de Roland et son bras en masquait la bouche et une partie du nez. Il serait bien parti, juché sur l'épaule de cet homme, à travers la petite ville. Roland le déposa sur le sol et la mère l'attira contre sa jambe.

— Je verrai le notaire et on vous fixera le rendez-vous, dit Manu.

Les deux hommes s'éloignèrent très vite pour couper aux remerciements et aux formules rabâchées.

La voiture achetée à Marseille les attendait dans la rue principale à dix mètres de la poste. Ils jetèrent le sac à l'arrière. C'était une 403 décapotable, comme celle louée en Corse. Mais elle était rouge. C'était un rêve de Manu. Il aimait le rouge sur les objets et le blanc sur les femmes. Quant à

Roland il aimait les voitures robustes pour ne pas passer son temps à réparer ce que Manu détériorait. A l'intérieur, le cuir était beige. Tiédi par la douceur de la température il aida les hommes à se délasser.

Roland démarra en direction de la mer. Ils étaient oisifs jusqu'au lendemain.

– On va s'arranger pour qu'ils ne profitent de rien. Il ne faut pas qu'ils puissent vivre sur la pension du gosse, dit Manu pour résumer sa pensée.

Roland ne répondit pas. Il ne parlait que pour contredire Manu ou pour apporter une idée supplémentaire. Et, en cette seconde, il n'en avait pas. Il avait juste envie de voir l'Océan et de respirer ce qui reliait l'eau et le ciel.

Attendu que :

... André Moulin atteindrait la vingt-cinquième année de sa vie pour entrer en jouissance du capital.

...de solides études en feraient un homme qui pourrait subvenir à ses besoins, avant sa position de millionnaire ou, plus tard, après avoir perdu cette position.

... la mort prématurée d'André Moulin avant

l'entrée en jouissance du capital ferait dudit capital la propriété d'une léproserie.

...dans l'attente de sa vingt-cinquième année les parents d'André Moulin ne recevraient que les intérêts de vingt millions placés au taux des rentes de l'État.

...lesdits parents auraient à rendre des comptes de tutelle ne pouvant voir augmenter les revenus déjà désignés qu'en cas de force majeure, établis et toujours au seul bénéfice de l'enfant.

...l'argent non placé pour en servir les intérêts à l'enfant pourrait être placé jusqu'à la vingt-cinquième année et les intérêts de cet argent versés à une léproserie.

...à l'âge de vingt-cinq ans André Moulin serait libre de supprimer ladite rente à la léproserie.

... Roland Darband et Manu Borelli conservaient un droit de regard sur la gestion avant le plein accomplissement du legs.

Acte dressé à Fouesnant (Finistère)
par Maître Cloärec, Avoué,
le 2 mai 195...

Roland acheta une propriété libre à la vente et s'y installa dans les quarante-huit heures. Les actes définitifs s'établiraient ensuite, conformément aux délais prévus par la loi.

Il avait payé vingt millions sans débattre le prix. Son prix était le prix de ce qui lui plaisait et ce qui ne lui plaisait pas était toujours trop cher.

La maison comportait une dizaine de pièces; un seul étage. Elle était rustique et large, en pierres apparentes, avec des fenêtres et des portes ogivales et une terrasse qui donnait sur la mer dans la trouée d'une pinède.

Il y avait un grand garage et des dépendances. La pinède lui appartenait. La superficie du terrain isolait la maison. Le terrain s'étendait jusqu'aux dunes de sable désertiques surplombant légèrement la mer. Il y avait un bateau, grande barque trapue à moteur avec une courte voile, qui attendait dans un hangar.

On se trouvait à Beg-Meil, à trois ou quatre kilomètres de Fouesnant, de sa poste et du petit André Moulin.

Manu et Roland sortirent du hangar qui sentait le varech et le goudron.

Il y avait des rochers qui contraignaient la mer à clapoter. Au large elle était d'un bleu gris avec de larges zones vertes. Le ciel était presque blanc. Les oiseaux de mer s'y détachaient à peine. Ils gardaient le silence en traçant des courbes lentes.

Derrière, il y avait les arbres et, derrière les arbres, la maison.

Roland, debout, très droit, de profil, regardait courir la longue bande de sable blanc. Sur la crête une herbe jaune, dure, qui n'abritait pas les nids et n'incitait pas à s'étendre, accentuait la beauté sauvage du site.

— Je m'arrête là, dit Roland.

Il dit encore après de longues secondes :

— Chez moi tu es chez toi.

Manu ne répondit pas. Roland ne lui demanda pas : « Et toi, où vas-tu t'arrêter? » mais la question était insérée dans le silence.

« Pourquoi s'arrête-t-il là? pensa Manu. A cause de ce gosse qui ressemble tellement au petit Laurent? Peut-être. »

— Et je vais mettre une femme dans la maison, dit Roland.

Il s'était appliqué à prononcer les mots. Sa phrase ressemblait à une pesée, lorsque, du premier coup, on a mis le poids juste. Un profond équilibre se dégageait de toute la personne de Roland.

Manu songea aux autres temps. Aux grilles, aux cachots, aux contorsions douloureuses et défigurantes pour essayer de refabriquer le destin [1]. Aux autres temps; ceux du doute, du froid, de la faim, de l'ignominie. Les temps où ils cherchaient en tâtonnant leur condition d'homme. Et puis, après, tout le reste; les îles, les récifs...

1. Voir *Le Trou*.

Une dune, une maison, quelques arbres, Manu se demanda si cela était vraiment suffisant pour que Roland dorme, bloque ses énormes forces, change de rythme sans dépérir, guérisse.

Roland inclina son buste pour arracher une herbe. Elles étaient coupantes comme des rasoirs et une longue trace rouge zébra sa main.

Il fit un creuset de son autre main pleine de sable et le sable blanc coula sur le sang. La teinte rouge s'altéra et disparut.

Roland chassa le monticule de sable. Il ne saignait plus.

– C'est du bon sable, dit-il simplement.

IV

Ils placèrent dans une banque leur part respective d'argent liquide.

Roland creusa dans la cave de sa maison une cavité pour l'or. Ils décidèrent de tout laisser en commun.

Manu ne retira que quelques pièces lourdes, à l'effigie des anciens rois. Le contact de l'or lui procurait la sensation d'appartenir à une autre époque; il glissa les pièces dans la poche extérieure de sa veste.

Roland mura la cachette et l'or s'endormit. Cette partie de leur fortune était illicite. Ils n'avaient déclaré à l'amirauté que les trois quarts de l'or. La loi s'appropriait les deux tiers de l'or déposé sur ses tablettes. En échange de quoi elle distribuait des billets de banque et un acte les légitimant.

Plus tard les aventuriers pourraient échanger clandestinement l'or et prétendre qu'il était toujours question des sommes enregistrées sur l'acte officiel. La preuve du contraire ne pourrait jamais s'établir.

Roland accomplit un deuxième travail manuel : il enleva les trois plaques, deux près du portail, une sur la maison, qui baptisaient l'ensemble (on y lisait : Les Pins).

Il les remplaça par une seule plaque, placée à la gauche du portail. Une plaque noire avec, en lettres rouges : « L'arrivée ».

Manu avait flâné dans le village. Beg-Meil était entouré de propriétés, de villas plus modestes, de simples pavillons.

Il avait marché dans la partie basse, près d'un lotissement, passant inconsciemment en revue les habitations de toutes les catégories, tournant autour de la propriété de Roland, s'efforçant d'y sentir le point fixe qu'elle concrétisait, souhaitant éprouver un choc, une certitude semblable à celle que son ami avait éprouvée en pénétrant dans la propriété avec le marchand de biens.

Ce dernier avait croisé Manu par hasard, entre la dune et une maison blanche, de style basque, à l'abri des arbres.

Toutes les belles maisons s'abritaient derrière un rideau d'arbres, se coupant à la fois des tempêtes et d'un soleil qui savait devenir implacable.

– Votre ami a fait une bonne affaire, dit-il.

– Vous aussi, répondit Manu avec gentillesse.

L'homme lui jeta un regard de biais. Il

était vêtu comme un grand propriétaire terrien.

– J'en ferais bien une deuxième avec vous, dit-il.

Manu apprécia la réponse et sourit. Les mouettes ne passaient pas la ligne des arbres. Elles évoluaient en dehors des limites et, ce matin, on entendait leurs cris.

La maison blanche était fermée par des volets de bois clair.

– Ils ne viennent qu'un été sur deux. Ils la louent quand ils ne viennent pas. Si on faisait une offre ils la vendraient, dit l'homme.

Manu pensa qu'il y avait toujours quelqu'un pour acheter et toujours quelqu'un pour vendre. Le plus difficile était de trouver un morceau de terre et de ciel qui vous aille comme une peau.

– Non merci, répondit-il.

Avant de quitter la maison de Roland il avait vu la 403 rouge dans le garage. Il avait posé la main sur le volant. Le compteur de vitesse était inerte. Manu comprit que la voiture l'emporterait bientôt et, en cette minute, face à la maison blanche et à la proposition du marchand, il comprit qu'il partirait le jour même.

La chambre, que Roland lui avait choisie, donnait sur la mer. Elle était vaste. La baie vitrée épousait la forme de la rotonde dans laquelle elle s'encastrait.

Manu ouvrit un grand coffre de bois sombre et

dissimula son automatique sous une pile de linge. Il conserva son poignard. Il lui arrivait de jouer avec. Il le lançait sur des cibles en liège, le tronc des arbres. La lame quittait sa main et, comme une pierre, le poignard filait et se plantait en vibrant quelques mètres plus loin. Ce jeu lui procurait un plaisir intact et il le pratiquait depuis longtemps.

Il emportait une trousse pleine d'objets de première nécessité et une valise contenant un costume léger, des chemises d'été que l'on met sans cravate. Il n'aimait pas les cravates.

Il déposa le poignard dans la trousse. Il le regarda quelques secondes et il se défendit contre une impression : celle d'être lassé de tout, sauf de ce morceau d'acier.

Roland faisait place nette dans les dépendances de la villa. Manu se guida sur le bruit et le retrouva en train d'amonceler ce qu'il jugeait embarrassant.

Manu déposa sa valise et sa trousse à l'entrée. Roland sentit une présence et se retourna. Il vit son ami, les bras le long du corps.

– Tu sais... commença Manu.

Roland savait que Manu ne s'arrêterait pas dans ce coin de Bretagne. Il le savait depuis qu'ils s'étaient promenés ensemble sur la dune.

– Y a le plein et quand l'aiguille est à zéro tu as encore une réserve de cinq litres, coupa Roland. Mais il vaut mieux que tu ne comptes pas trop sur la réserve...

Manu était déjà tombé en panne d'essence et Roland ne serait plus là pour veiller aux détails. Manu ne savait trop quoi dire. Roland s'approcha, le prit aux épaules, le secoua par jeu et l'embrassa.

– Tu connais l'adresse! s'écria-t-il en riant. On ne voyait plus ses yeux, ce qui facilitait les choses. Il laissa partir Manu et, lorsqu'il entendit le bruit du moteur résonner dans le garage, il courut ouvrir le portail, au bout de l'allée.

En passant, Manu leva la main à la hauteur de son visage. Roland ne riait plus.

Si Geo n'avait pas modifié le cours de son existence, Manu le retrouverait là où il l'avait trouvé avant de partir pour la dernière aventure en compagnie de Roland.

Geo avait refusé de les suivre. D'abord, au début du projet, il n'y avait pas cru. Il fallait de l'argent pour acheter le bateau, le matériel...

Mais Roland était tellement riche d'idées personnelles et des précisions recueillies par cet Allemand, que Manu se procura l'argent et personne ne lui posa de questions.

Geo avait alors refusé définitivement. Placé aux pieds de l'aventure simple, avec tout ce qu'elle comportait de plus et de moins, il avait refusé. Il ne voulait plus. Aujourd'hui Roland s'était arrêté à son tour.

Geo s'était arrêté avant lui. C'était la seule différence. Et le petit Laurent avait pris sa place.

Un peu avant midi Manu rangea la 403 le long du trottoir en face de chez Goldenberg. Une nuée d'enfants entoura la voiture, les yeux éblouis par le rouge éclatant.

Goldenberg faisait l'angle de la rue des Rosiers et de la rue Ferdinand-Duval, au cœur du quartier juif de Paris.

Le bar et le restaurant communiquaient avec une charcuterie, épicerie, boulangerie.

On y vendait des produits polonais et des produits d'Europe centrale. Sur les étagères il y avait des bouteilles de vin et de liqueur au col élancé et aux étiquettes insolites.

Il fallait traverser la salle pour pénétrer dans celle du bar, tout en longueur. Quelques tables, dans un renfoncement, faisaient suite au bar.

Manu s'attabla et commanda une double part d'un gâteau au fromage qu'il avait repéré en traversant l'épicerie. Avec un grand verre de lait pour faciliter l'opération.

Quelques minutes après midi, un groupe d'hommes et de femmes entra. Geo était parmi eux. Manu heurta sa soucoupe de sa petite cuillère.

Geo tourna la tête dans sa direction et se détacha du groupe pour le rejoindre. Son visage impassible ne reflétait aucun étonnement. Ses yeux gris qui pouvaient se teinter de vert et de bleu enveloppèrent en une fraction de seconde la personne de Manu et, immédiatement après, retombèrent dans la neutralité.

Manu qui le connaissait bien y releva une marque d'émotion.

Geo dépassait le mètre quatre-vingts et approchait de la centaine de kilos. Il installa la masse de son corps de l'autre côté de la petite table.

– Ça va? demanda-t-il d'une voix un peu étouffée.

Lorsqu'il téléphonait on l'entendait à peine. Manu regarda la blancheur de ses tempes. Geo n'avait que quarante ans mais il avait toujours eu des cheveux blancs. Ils ajoutaient à son charme, donnant à son teint mat un éclat particulier.

– Laurent est mort, répondit Manu.

Et il soupira.

Il sentait que Geo serait sans doute la dernière personne devant laquelle il renouvellerait l'aveu.

Geo ne répondit pas. Il songea qu'il ne serait peut-être pas mort s'il avait accepté de partir à la place de Laurent. Geo, ancien parachutiste, avait le sens du combat et il était déjà passé entre les gouttes lorsqu'elles étaient de plomb. Sans parler de la période hors guerre, dès que la loi dépose les armes et demande aux hommes de déposer les leurs, la période encore vibrante des anciens combats, la période dangereuse, sans pitié pour les inadaptés à la vie quotidienne, la période qui avait secoué Geo et fait blanchir précocement ses premiers cheveux [1].

— Et Roland? demanda-t-il.

— En Bretagne... Une propriété, un bateau (il absorba une gorgée de lait). Plein aux as (et il ajouta en regardant Geo dans les yeux), comme moi...

Geo se retourna, remua et recula légèrement sa chaise pour allonger ses jambes.

— Tant mieux, dit-il.

Il le pensait sincèrement et Manu n'en douta pas une seule seconde.

— Et toi? demanda Manu.

— Toujours pareil, répondit-il.

Il était magasinier dans une fabrique de casquettes. Quelques années auparavant, à sa sortie de prison, il avait rencontré un ancien compagnon d'armes (de la guerre légale) qui connaissait le patron d'une fabrique de casquettes. Et ce patron avait besoin d'un magasinier.

Geo s'était installé dans une nouvelle existence qui n'avait pas le mérite d'être argentée mais celui d'être paisible. Le quartier lui plaisait. Il y trouvait de jolies filles, et dans tous les cas, des filles bien en chair.

1. Voir *Le Trou*.

Il habitait à deux pas de son travail et avait élu son quartier général chez Goldenberg également situé à deux pas de son travail.

– Et les filles... dit Manu.

Ce n'était pas une question. Geo sentait que Manu voulait parler d'autre chose et qu'il ne savait pas par où commencer.

– Toujours pareil, répondit-il.

Les femmes s'attachaient à ses yeux gris. Des yeux de chat qui guette, à la fois indifférents et passionnés. Il n'avait pas d'argent et il le leur disait. Donc, elles ne lui demandaient pas d'en dépenser. Il ne trompait pas les femmes. Il les plaçait toutes sur le même plan : le lit.

Elles ne lui réclamaient pas davantage d'argent que de fidélité puisqu'il était aussi pauvre qu'incapable de fidélité. Pour ces deux raisons il estimait que les femmes étaient logiques.

Il les maintenait au bout de son regard, sur une base purement physique. Et, des premiers mots aux derniers mots qu'elles entendaient de lui, il n'était question que du physique et de l'endroit le plus propice aux ébats physiques, c'est-à-dire le petit appartement de Geo ou une chambre d'hôtel, ou encore le domicile de la partenaire.

Pour les autres hommes les succès de Geo ne s'expliquaient pas. Ils les apparentaient au mystère féminin. Geo était banal, lourd. Il n'avait pas de voiture, il n'offrait pas de bons dîners, et les femmes le suivaient.

— Quand tu as refusé de risquer le paquet avec nous, sur le moment ça nous a fait quelque chose, confia Manu (il marqua un temps d'arrêt). Mais après tout, chacun est libre de sa peau...

Une serveuse s'approcha.

— Et pour vous monsieur Georges? demanda-t-elle.

— Comme lui, répondit-il.

Manu remarqua que Geo avait parlé en fixant la serveuse sur la hanche, à la naissance du ventre. Avant de s'en aller elle esquissa un petit sourire.

— Je te disais que chacun était libre, reprit Manu (et il ajouta très vite). Ça me ferait plaisir de t'aider...

Des clients passaient le bras au-dessus des têtes de ceux qui s'écrasaient, au premier rang, contre le comptoir. Manu et Geo ne voyaient plus l'épicerie mais le mouvement des gens partait de là. Ils en venaient et ils y retournaient. On ne voit pas toujours d'où viennent les gens.

La réponse de Geo tardait. Il portait une chemise nette et une cravate d'un ton juste. Et il est bien connu que les femmes sont sensibles à la chemise et à la cravate de l'homme. Geo, par instinct, faisait ce qui plaisait aux femmes.

Une fille d'une vingtaine d'années regardait dans leur direction. Elle dévorait un sandwich. Geo inclina la tête et lui adressa un petit signe. Elle portait une blouse d'ouvrière. Manu pensa qu'elle travaillait peut-être dans la même maison que Geo.

Pour tous ces gens, Geo devait représenter un magasinier « pas ordinaire ». Les ouvrières qui avaient besoin de matière première venaient le trouver avec un bon. Il ne les recevait pas toutes derrière le comptoir. Certaines en faisaient le tour. A l'abri des regards, entre deux rangs d'immenses casiers qui rejoignaient le plafond, il y avait un vieux canapé en cuir.

La réponse de Geo tardait toujours. Manu laissa repartir la serveuse. Geo regardait son gâteau au fromage d'un air absent.

– Le passé c'est le passé. On a réussi et il n'y a pas de raison pour que tu n'en profites pas un peu, murmura Manu.

La lueur des yeux gris se posa sur le visage de Manu.

– J'ai choisi les casquettes, répondit Geo et il abaissa son regard sur son verre de lait.

Il enferma le verre dans sa main et reprit la parole :

– L'argent que tu me proposes je le dépenserai et après il faudra que j'en cherche encore... ailleurs... comme avant... tu sais ce que c'est... On prend l'habitude de dépenser facilement et on veut la conserver. Tandis qu'avec les casquettes...

Il abandonna sa phrase en suspens et une résignation un peu tendre mais définitive passa sur son front. Manu se sentit mal à l'aise, presque désemparé.

– C'est toi qui choisis, murmura-t-il et, brusquement, il se souvint d'avoir prononcé les mêmes mots le jour où Geo avait refusé de les suivre. Il s'efforça de faire revivre, en une seconde, les dangers courus avec Geo. Il constata que les contours en étaient soudain moins nets. L'inoubliable pouvait-il donc s'oublier? Le passé tanguait, se décolorait. Geo vivant se mettait à ressembler à Laurent mort.

– Et maintenant, qu'est-ce que tu vas faire? demanda Geo.

Il avait parlé la bouche pleine et Manu ne reconnaissait plus sa voix.

– Je vais m'amuser, répondit-il avec entrain. Il y a assez longtemps que j'en bave! Je vais m'en payer une bonne tranche et les belles filles ça se ramasse à la pelle.

– Si tu en trouves une pas trop compliquée avec des longues cuisses et les fesses très hautes, tu me la présenteras, dit Geo avec conviction.

– C'est ça... répondit Manu (et il répéta). C'est ça...

Geo se leva. La fabrique de casquettes l'attendait. Manu ne se leva pas. Il ne pouvait s'imaginer marchant jusqu'à la fabrique et se séparant de son ami devant cette porte, le regardant s'engouffrer au sein d'une vie dont il avait secrètement peur.

Geo lui serra furtivement l'épaule de sa main gauche.

– T'en fais pas, dit-il d'une voix neutre, un peu sourde, tout en s'écartant de lui.

Et il traversa le bar pour disparaître du côté de l'épicerie. Manu, sans réaction, suivit du regard la masse importante du dos, s'attachant plus précisément à la voûture légère, près de la nuque, que Geo avait déjà à vingt ans et qui accentuait sa décontraction, cette sorte de nonchalance dont les femmes parlaient comme d'un charme.

Demeuré seul, Manu éprouva le besoin de marcher dans les rues populeuses du quartier juif. Sur les étroits trottoirs les gens se groupaient par petits paquets de trois ou quatre, ne présentant que leur dos de toutes parts.

La Seine coulait très proche. En descendant la rue Geoffroy-l'Asnier pour la rejoindre et respirer l'odeur particulière d'un fleuve au centre d'une capitale, Manu tomba en arrêt devant un bâtiment insolite, d'aspect grandiose, situé à l'angle d'une rue (la rue du Grenier-sur-l'Eau).

L'ensemble était constitué par un parvis dallé, clos sur la longueur par des murs de granit. En largeur et au fond, un bâtiment de quatre étages dont la façade formait un mur aveugle.

Sur le mur des inscriptions en hébreu et en français. Manu parcourut les cinq lignes du texte français :

Devant le martyr juif inconnu
incline ton respect, ta pitié pour tous les martyrs, chemine en pensée avec eux le long de leur voie douloureuse, elle te conduira au plus haut sommet de justice et de vérité.

Et, dans l'axe, au centre du mur, l'étoile à six branches, l'étoile de David.

Les phrases descendaient dans la poitrine de Manu. Il s'avança lentement, franchissant les premières grilles.

Au milieu du parvis s'élevait un cyclindre de bronze en forme de vasque. Auteur du cyclindre, les noms des camps d'extermination : Auschwitz, Mauthausen, Dachau, Buchenwald, Belsen, Treblinka.

Le dernier nom était moins connu du grand public. Manu pensa qu'il avait dû s'y commettre des atrocités pire qu'ailleurs. Ou bien que Treblinka détenait le championnat de la mort. Manu pensa cela à cause du nom plus secret. Il ne se trompait pas. Treblinka rayonnait d'un supplément de cadavres. Le colonel allemand, responsable du camp, s'appelait AMEN* comme la fin de toutes les prières. A ne plus savoir s'il fallait en rire ou en pleurer.

* voir "la liste de schindler" de spielberg

Il s'approcha du grand mur. A sa base, des portes donnaient sur la crypte.

Des barreaux et des grilles évoquaient les barreaux et les grilles des prisons.

On les franchissait en silence. Il n'y avait que deux femmes et un homme dans la crypte. Ce n'était que le début de l'après-midi.

En contrebas une flamme éternelle brûlait au centre du tombeau symbolique. Le tombeau avait la forme de l'étoile de David. Il était en marbre noir. A lui seul il valait six millions de tombes.

Au fond de la crypte un texte hébreu s'étirait sur une seule ligne. Il recevait la lumière depuis le sol ce qui accentuait le caractère irréel et lointain des lettres. En français cela voulait dire :

Regardez et voyez s'il est douleur pareille à ma douleur. Jeunes et vieux, nos filles et nos fils fauchés par le glaive.

Manu ne déchiffrait pas l'hébreu mais il sentait que les lettres étaient comme des larmes qui, lasses de couler le long du mur, s'étaient enfin cristallisées au-dessus de la tombe pour miroiter dans l'émotion de la flamme éternelle, qui dansait, courte et trapue, comme avait dû danser la première flamme allumée par l'ancêtre.

Manu sortit lentement. Les vivants s'acharnaient à sauver la mémoire des morts afin que, plus tard, d'autres vivants sauvent la mémoire des vivants d'aujourd'hui. C'était le plus clair de l'histoire. Tout l'édifice se dressait dans ce sens.

Il avait quatre étages. Le musée était au quatrième. Manu y retrouva le périple des persécutions. Il pensa à Dédé le juif, un aventurier de ses amis. On ne l'avait jamais revu.

Le musée montrait les objets fabriqués avec les cheveux des femmes et la peau des hommes et des femmes juifs. Il y avait un morceau de savon fabriqué avec la peau et la chair des juifs et des juives. Peau et chair à peine mortes, encore chaudes lorsqu'elles furent découpées en lanières.

Le savon avait la couleur d'un honnête produit commercial. Manu pensa que ce morceau recelait peut-être un lambeau de la peau et de la chair de Dédé le juif. Il regretta farouchement de vivre dans cette époque. De faire partie de l'époque où des hommes fabriquaient du savon avec les cris et l'agonie d'autres hommes.

La colère se mêla à son sang. Il pensa à tous les tortionnaires, sans discernement du motif. Un tortionnaire n'a jamais de bon motif. Et en marchant vers la Seine, en laissant derrière lui l'édifice qui conservait pieusement la honte des hommes civilisés, il pensa à tous les délateurs qui avaient approvisionné les bourreaux. Tous ceux qui désignent les faibles du moment aux forts du moment et qui jouissent de leur extermination.

Les délateurs de tous les milieux, qu'ils soient délateurs-politiques ou délateurs-droit commun. Du moment que, dans l'ombre, ils désignent la proie du doigt, n'osant même pas s'en approcher eux-mêmes, alors que la proie n'est déjà plus qu'une proie, du moment qu'ils peuvent embrasser ceux qu'ils vont trahir ou viennent de trahir, du moment qu'ils peuvent s'appeler Willman [1], Manu ne leur reconnaissait pas le droit de vivre.

La Seine coulait dans sa longue prison de quais. Elle avait l'air d'accomplir un travail. Les hommes s'efforçaient de la croire sourde, aveugle et muette, mais, dès qu'un homme se confrontait seul avec elle, debout sur ses berges, il comprenait que cela était faux. Il comprenait que le fleuve était plus fort que lui, que le fleuve était le plus vieux témoin de la terre, qu'il ne parlait pas parce qu'il avait tout vu, qu'il faisait le sourd parce qu'il était complice d'avoir dissimulé les corps assassinés, dans le même temps qu'il abreuvait les assassins de toutes les époques.

Le soir, Manu décida d'aller dans une boîte où il

1. Voir *Le Trou.*

retrouverait peut-être des connaissances et certainement du beau sexe.

Situé dans une petite rue parallèle à l'avenue des Champs-Élysées, le cabaret était ouvert très tard dans la nuit. La véritable ambiance ne s'y installait qu'après minuit. A trois heures du matin la pensée du lit s'affirmait et, les danses lentes dans la pénombre aidaient les hommes à s'approcher d'un but précis, vieux sujet de préoccupation : coincer une femme entre deux draps et peser sur elle.

Manu tapa sur l'épaule du gérant de la boîte : un Arménien malin comme un singe. Le propriétaire de l'établissement voyageait. Manu le connaissait aussi.

— Toi!... toi!... s'exclama l'Arménien.

Manu souriait. Les clients les plus près d'eux se retournèrent.

— Champagne! commanda Manu.

C'était le symbole de la richesse lorsqu'il était commandé à profusion et avec désinvolture.

— On te croyait mort ou en cabane, dit l'Arménien.

— En cabane, il n'y avait aucune raison, coupa Manu.

— Bien sûr, bien sûr, s'excusa l'autre.

Et il servit le champagne pour créer la diversion.

Manu se renseigna sur les filles qui dansaient. A seule fin de ne pas perdre son temps en abordant une fille accompagnée ou qui attendait quelqu'un. Et aussi pour éviter de tomber sur une gouine.

L'Arménien lui donna des précisions et Manu s'installa à une table, dans la pénombre d'un angle, en attendant que la petite brune indiquée en finisse avec sa danse.

Il l'invita aussitôt et la ramena à sa table, après la deuxième danse. Elle apprécia le champagne et l'étrangeté de son compagnon. Elle faisait un peu de cinéma et posait pour des peintres. Elle demanda à Manu si « il était dans le cinéma »?

La clientèle se départageait entre les noceurs, les mêmes visages que l'on retrouve partout sans savoir à quoi ils consacrent leurs journées et, d'après Colette, des gens du spectacle et du cinéma. C'est-à-dire ceux qui tirent les ficelles et peuvent donner une chance à une fille s'ils lui trouvent « quelque chose ». Première condition : ne pas faire de manières...

Manu comprenait très bien. La clientèle avait donc un peu changé. Le cadre était toujours le même. La voûte des plafonds, les piliers de pierre brute, les loggias barreautées, étouffantes, et les chaînes pendues aux murs créaient une fausse ambiance forte qui n'eût pas résisté à la clarté du jour.

Mais la pénombre trompait, se refusant à éclairer les visages. Et les gens parvenaient à croire les uns dans les autres. Ils y parvenaient pour continuer à exister. Il fallait absolument qu'ils y parviennent pour continuer à exister. Ils y parvenaient aussi grâce à d'autres hommes, ceux qui avaient inventé l'alcool, jadis.

– Si on allait ailleurs? proposa Manu.

Elle accepta et ils reprirent pied dans la tiédeur de la nuit. Il l'avait tenue contre lui et il n'avait plus à regarder son corps dont il connaissait déjà les contours. Elle avait vingt ans. Peut-être vingt-cinq. Mais pas davantage.

– Ma voiture est plus loin, dit-il.

Il la tenait par l'avant-bras, la paume en dessous. Il savait que la voiture lui plairait. Elle était garée dans une rue longue et étroite, assez sombre. Il n'y avait qu'une seule file de voitures, l'étroitesse de la rue interdisant de se garer de deux côtés.

Manu remarqua immédiatement les deux silhouettes qui venaient à leur rencontre. L'un des hommes marchait dans la rue, l'autre sur le trottoir. Celui qui marchait sur le trottoir tailladait au passage, et sans s'arrêter, les capots des voitures de sport, tandis que son compagnon rayait les carrosseries.

Manu s'immobilisa sur le trottoir, prit doucement Colette par les épaules et la fit pivoter face à lui. Elle s'attendait à ce qu'il l'embrasse mais elle pensait qu'il attendrait l'abri de la voiture, comme les autres.

– Ne bougez pas... murmura-t-il.

Sa voix était à peine perceptible. Les deux types s'approchaient. Ils étaient jeunes. Ils portaient des pantalons collants et des blousons en cuir noir de mauvaise qualité.

Ils ralentirent et se mirent à siffloter avec l'air de s'ennuyer profondément. Celui qui rayait les carrosseries en raya encore une, dans un long grincement. L'autre avait refermé sa main sur son rasoir, plaquant le tout sur sa jambe.

Manu embrassa légèrement la fille sur le coin des lèvres. Il pensa à sa voiture neuve et ce vandalisme gratuit le laissa perplexe. On lui avait parlé de la mentalité de ces jeunes types et il avait eu peine à y croire.

Le type au rasoir s'adossa au mur d'une maison, à deux mètres du couple.

– Si tu t'la farcis debout, nous on dira rien, lança-t-il en appuyant sur le graillement de sa voix.

Manu s'écarta de la fille et rentra timidement la tête dans les épaules pour répondre d'une voix plaintive :

– Monsieur, vous pourriez être un peu plus discret...

– Hé! t'entends Charlot! y demande qu'on soye discret!...

Le type au poinçon était passé entre deux voitures pour monter sur le trottoir et se placer derrière le couple.

– J'entends... j'entends... fit le dénommé Charlot.

Colette se retourna vers lui en étouffant un petit cri. Manu n'était qu'à un mètre du type au rasoir. Il baissa les yeux et lui allongea un coup de pied dans le ventre. Le type se plia dans un hoquet et reçut un autre coup de pied en plein visage. Le coup arriva en dessous, lui rejetant la tête en arrière.

Manu ne le regarda même pas s'affaisser. Il bondit sur l'autre qui leva le bras armé du poinçon. Manu amorça une feinte sur la gauche et lui assena un coup à la carotide du tranchant de la main. Le jeune voyou porta les doigts à sa gorge comme pour se libérer d'une étreinte et tomba la face en avant.

La lutte avait duré cinq minutes. La rue était toujours déserte. Manu se pencha sur eux et récupéra leurs papiers d'identité.

Colette, clouée par la surprise, avait ramené les mains croisées sur sa poitrine, dans un geste de vierge qu'elle n'était plus.

– Dix-sept et dix-neuf ans, annonça Manu, les papiers à la main.

Il les trouvait déjà âgés pour se livrer à ce genre de plaisanterie. Celui du rasoir gémissait en remuant. Manu le retourna et le gifla. Le coup de pied lui avait ouvert les deux lèvres et son nez grossirait dans les jours à venir. Il ouvrit les yeux.

– Je garde les papiers, dit Manu. Je ne vais pas à la police mais je garde les papiers. Tu as compris?

L'autre acquiesça dans une plainte.

— Je ne vais pas à la police, répéta Manu, mais je viendrai vous voir. Il faudra me casquer les réparations de la voiture. Compris?

Il fit signe que oui. Manu s'assura que le second respirait. Il le traîna près de son ami et s'éloigna en reprenant le bras de Colette, comme si rien ne s'était passé.

Sa voiture était rayée sur toute la longueur. La capote ouverte sur un bon mètre.

Une fois bien assise, Colette lui dit :

— Ce que vous êtes fort...

Il sourit. Il avait un visage sec qui trompait les gens sur sa musculature. Il se pencha et l'embrassa gentiment. Elle se sentait en sécurité.

— Qu'est-ce que vous prenez au petit déjeuner, le matin? demanda-t-il sur le ton de la plaisanterie.

Elle éclata de rire. Un rire de gorge. Et il se retrouva une heure plus tard dans le petit studio qu'elle habitait près du Luxembourg.

L'amour, à l'aube, avec une inconnue de la veille, élargit l'horizon de l'homme.

Il s'éveilla le premier et posa les yeux sur les choses. Sa vie de hasard n'était faite que d'endroits nouveaux. Il avait l'habitude. Rien qu'en voyant les objets, la forme de la pièce, il pouvait dire s'il reviendrait le lendemain ou jamais plus.

Dans son sommeil elle sentit qu'il sortait du lit et le chercha pour le retenir. Il l'écarta doucement et se leva.

Après le petit déjeuner qu'elle souhaitait prolonger indéfiniment, il lui demanda si un souvenir lui ferait plaisir. Elle lui avait raconté sa vie et il n'avait pas prononcé un seul mot sur la sienne. Le mot « souvenir » résonna comme une séparation.

Qu'y pouvait-elle? « Un homme, ça tient de la place », disaient toutes ses amies, et elle-même. Dans son milieu les filles vivaient comme des hommes.

Pour la première fois elle se dit qu'à vivre comme des hommes, les filles en perdaient sans doute le pouvoir de retenir l'homme qui leur plairait au moment où passerait cet homme.

Elle accepta le « souvenir » et Manu poussa une pièce d'or sur la table.

– Oh! comme c'est joli. C'est de l'or?

Oui, c'était de l'or. Le rêve qui repose dans les entrailles de la terre et au fond de la mer. Celui qui devrait inonder de joie l'heureux possédant.

Pendant des années il avait essayé de s'imaginer l'expression de la première fille à laquelle il donnerait une des lourdes pièces.

Il la dévisagea. Elle tournait la pièce entre ses doigts menus. Ses yeux avaient la teinte de l'or. Il pensa que ce ne devait en être que le reflet et s'étonna d'être déjà parvenu à cette page de vie.

– Merci, murmura-t-elle et elle se leva pour l'embrasser un peu timidement.

Le soir, il coucha avec une autre fille. Le lendemain encore une autre. La première lui dit :

– Oh! ça c'est gentil! C'est de l'or?

La seconde lui dit :

– Oh! tu es un amour! C'est de l'or?

Oui, c'était de l'or. Il comprenait que toutes lui poseraient la même question, avec une sorte d'inquiétude respectueuse en présence du métal souverain. Et le respect tombait un peu sur l'effigie de Louis XIV, roi très riche, comme chacun sait, qui ne s'était pas amusé à faire bâtir des palais en carton-pâte ni à faire frapper de la fausse monnaie.

A très peu de jours de là, Manu pénétra dans une poste et expédia les papiers aux deux jeunes types qu'il avait corrigés.

Ensuite, sans trop savoir pourquoi, il loua une place dans le premier avion en partance pour la Corse, ligne directe Orly-Ajaccio. Il ne lui restait plus qu'une pièce d'or.

Il joua avec pendant le décollage de l'avion. Il pensa au trésor proprement dit qui dormait chez Roland. Que faisait Roland?

Il pensa à l'amour en voyant la mine fraîche de l'hôtesse de l'air. Qui enfermait la formule de l'amour? Geo, peut-être, qui ne lui réclamait rien en dehors d'un plaisir physique.

V

Au début du voyage une série de trous d'air prirent les passagers au dépourvu. Une petite pensée folle s'insinuait derrière l'os frontal. Les gens se taisaient et cherchaient des yeux les membres du personnel qui allaient et venaient en souriant.

Manu était assis près de la petite fenêtre rectangulaire. Il voyait l'aile de l'avion et, très loin devant lui, des fragments de paysage. A sa gauche il y avait une fille, jeune, en uniforme d'hôtesse de l'air, qui rejoignait sa famille.

Et, à côté d'elle, un troisième fauteuil supportait un homme d'une cinquantaine d'années, le visage rond et net, la calvitie confortable, le verbe protecteur.

Manu comprit, à l'aide de l'oreille gauche qu'il laissait traîner, que le bonhomme avait retrouvé la fille à Orly, par hasard. Ils semblaient bien se connaître.

Le bonhomme parla d'abord de sa femme qui estimait beaucoup la jeune fille, et qui serait tellement heureuse de la revoir.

La jeune fille remercia. Elle avait une physionomie sérieuse, le menton volontaire. Elle ouvrait parfois des yeux étonnés.

Le bonhomme se mit à parler de lui. Elle répondit en parlant d'elle.

Il disait que sa femme ne le comprenait pas. Elle disait qu'elle éprouvait des difficultés avec son jeune frère dont elle voulait « forger la destinée ». Elle se dépeignit comme un chef de famille et, après tout, elle n'était qu'une jeune fille...

Il lui dit qu'elle était sublime et lui embrassa la main dans un élan paternel, en promettant de s'occuper du jeune frère.

Elle remercia. Ils convinrent de se revoir, en dehors de la femme du bonhomme et de la famille de la fille. « Les gens ne comprendraient pas, les gens voyaient le mal partout. »

Le bonhomme allait en Corse pour affaires. La mère de la fille tenait un commerce à Ajaccio mais elle n'était pas corse.

En vue des côtes de Corse, la fille disait qu'elle s'ennuyait dans la fréquentation des jeunes hommes. Elle les trouvait stupides, ronronnant d'inutilité.

Manu la regarda. Elle détourna la tête vers le bonhomme. Manu laissa son regard s'appuyer sur le profil de la fille. Elle tourna la tête vers lui dans un mouvement d'humeur et se replongea dans la contemplation du bonhomme.

Ce dernier regarda Manu en signe de réprobation. Manu soutint le regard et lui dédia un petit sourire entendu.

Le bonhomme regarda devant lui. Manu essaya de l'imaginer vautré sur la fille. D'où venait la honte que le bonhomme éprouvait en ce moment? Du but à atteindre? Manu pensa qu'un homme n'est pas fait pour tenir des propos paternels à la femme sur laquelle il a envie de se répandre en jouissance.

Manu se demanda si vraiment ce bonhomme et cette fille étaient dupes l'un de l'autre. Il eut soudain fortement envie d'une vraie fille de joie, de la franchise de son état, de la paix qui se dégageait des étreintes dénuées d'équivoque, de la certitude du lendemain, justement parce qu'il n'y avait pas de lendemain.

Lorsque les passagers se levèrent pour descendre de l'avion, Manu se plaça derrière la fille. Dans l'étroit couloir de l'avion il se pressa un peu contre elle, pour s'amuser. Elle n'osa pas se retourner. Elle n'osa pas non plus s'approcher du dos de son compagnon.

Le ciel de la Corse était haut. Manu le regarda, laissant les voyageurs s'éloigner. La soirée était claire. Il ne pensait pas que juin avait les jours les plus longs de l'année. Il pensait simplement qu'en Corse il faisait toujours beau.

Le lendemain dans la matinée il franchit la porte du Grand Hôtel et Continental pour visiter Ajaccio. En remontant le cours Napoléon il entendit un « hé! ». Il ne se retourna pas. Il ne connaissait personne à Ajaccio.

– Hé! Manu! cria-t-on.

Il se retourna et aperçut un homme qui riait en levant les bras, assis à la terrasse d'un petit bar. Manu plissa les paupières dans le soleil et cria à son tour :

– Mais c'est « la Bretagne »!...

Auguste demeura vissé sur sa chaise. Ils s'embrassèrent et Manu vida d'un trait le verre d'anisette qui voisinait avec une caméra gainée de cuir.

– On joue au touriste... dit Manu.

– On joue à ce qu'on peut, fit Auguste en regardant son verre vide.

Il était romancier. Il s'appelait Auguste Lebreton.

C'était l'homme du rififi. Manu avait fait sa connaissance une bonne quinzaine d'années auparavant. A cette époque, Auguste n'écrivait pas encore de romans. Il traînait ses guêtres parmi les truands en général et une équipe de Bretons en particulier. Des hommes que la rancune tenait éveillés et dont les plaisanteries faisaient tout éclater, sauf le rire.

– Alors tu continues à te la faire belle, dit Manu. Des vacances de juin à septembre...

– J'ai le percepteur dans les reins, grogna-t-il. Je suis venu ici pour bosser tranquille (il fit le geste d'écrire).

– Un roman?

– Oui... Un truc sur Hambourg.

Auguste avait un visage sec, volontaire, et les sourcils fournis et broussailleux des caractères inégaux. Les cheveux s'éclaircissaient. Il portait sa quarantaine d'années.

– Qu'est-ce que tu m'offres? demanda Manu.

– Amène un verre d'eau pour Monsieur.

Le garçon s'approcha peu après avec un verre d'eau. Il regarda ses clients tour à tour. Une gravité absolue s'étendait sur leurs traits. Le garçon déposa le verre sur la table.

Manu l'éleva lentement et y trempa ses lèvres. Il l'abandonna en claquant la langue, à la manière des dégustateurs d'un cru célèbre.

– Et Roland? questionna Auguste.

– Dans ta province. Il a acheté une maison et un parc, à Beg-Meil. Ça donne sur la mer.

Auguste dévisagea Manu de ses yeux vifs. Il

comprenait. Il dit seulement, sans y apporter une intention spéciale :

– Alors ça y est?...

Manu acquiesça en s'emparant de la caméra. Il ne fumait pas et s'amusait souvent avec un objet pour occuper ses mains.

– Garçon! cria Auguste. Je me suis trompé. Mon ami voudrait sabler le champagne.

Le garçon se planta devant Manu. Il voulait bien plaisanter avec les clients, mais il voulait savoir qui paierait le champagne.

– Allez-y, confirma Manu.

Manu regarda Auguste et ils éclatèrent de rire. Comme ça, pour rien. Auguste lui tapa sur l'épaule et Manu lui tapa sur la poitrine, du dos de la main.

Ils riaient à l'argent, et les gens qui les voyaient se prirent à sourire tant il est vrai qu'en règle générale l'être humain communique davantage par le rire que par les larmes.

Manu choqua son verre contre celui d'Auguste et le champagne coula au fond de leur gorge pour réchauffer leurs entrailles et les plonger dans le bien-être.

– Il y a longtemps que je n'avais pas ri comme ça, dit Manu.

Midi approchait. Des bandes de jeunes gens commençaient à circuler, à monter et à descendre le cours Napoléon.

Les garçons suivaient les filles, par petits groupes.

Ou bien ils marchaient à six sur le même rang : trois filles et à côté trois garçons. Ils ne formaient pas de couples et, à première vue, ne se parlaient pas.

– Tu es seul ici? demanda enfin Manu.

Il ne faisait pas allusion aux amis corses dont il se doutait bien qu'Auguste était entouré. Il avait raison; Auguste ne logeait pas à l'hôtel.

– Oui, seul... fit-il.

Les deux hommes accompagnaient du regard les jolies filles. Ce qui les contraignait à remuer sans cesse la tête de droite à gauche et de gauche à droite, comme les spectateurs d'un match de tennis.

Les filles avaient un balancement de hanches contrarié par le port de tête. On ne savait trop s'il fallait leur prêter du vice ou de la sagesse.

– Il y a un lycée au bout de l'avenue, précisa Auguste.

Manu chercha, parmi les passants, une femme d'une trentaine d'années. Il en trouva une. Elle marchait vite, traînant un gosse par le bras. Une autre passa, accompagnée.

– Qu'est-ce qu'on peut se mettre sous la dent dans ce pays? s'inquiéta Manu.

Il regarda les petits crucifix qui tranchaient sur le corsage des filles. La plus banale suscitait l'attention.

– On peut se marier, toi en bleu, elle en blanc. Avec la famille sur les marches de l'église...

Manu s'étonna que l'émancipation féminine n'ait pas gagné l'île.

– Dans les campagnes t'as une chance, expliqua Auguste. Pour que les jeunes ne foutent pas le camp on tolère des choses. Mais dans une ville il y a trop de monde qui regarde. Une fille qui s'affiche, après, elle peut plus se marier, mon vieux. Et ça, c'est plus fort que tout. Elles pensent ce qu'elles pensent, tu dois t'en douter. Mais pour le truc, zéro.

Manu s'arrêta de les suivre du regard et massa lentement sa nuque.

– Et alors?

– Et alors, dit Auguste, faut attendre les touristes. D'ici une quinzaine.

– Et les femmes mariées d'ici?

Auguste le regarda avec l'indulgence que l'on témoigne aux enfants.

– En trois ou quatre ans, avec des ruses de Touareg, tu aurais une petite chance.

Manu calcula qu'Auguste était présent depuis des semaines et qu'il avait dû s'organiser.

– Et alors? insista-t-il.

– Et alors... sourit Auguste, il y a un endroit. C'est du genre clos. On ira ensemble...

Trois hommes envahirent la terrasse du « petit bar ». Ils tirèrent des chaises et se groupèrent autour de la table d'Auguste. Ce dernier fit les présentations.

– Manu, un ami... Voilà Galinetti, Toussaint Bartoli et son fils François.

Manu serra les mains à la ronde. La pensée du petit Laurent Bartoli se faufila, comme si un quatrième homme s'asseyait à l'instant. Manu savait que cette branche des Bartoli ne rejoignait pas celle du petit Laurent. Mais, contre les syllabes il était sans défense. Il avait choisi de revenir en Corse. Sans doute était-ce le signe que son avenir ne pouvait s'organiser loin du passé.

Il regarda Galinetti. C'était un surnom. Cela voulait dire « petite poule d'eau ».

Galinetti avait un visage jeune et rond, des yeux bleus et le teint hâlé des gens de la mer. Ses cheveux courts, disposés en couronne autour du crâne, frisottaient sur le dessus du crâne. Ils étaient blancs, d'un blanc vigoureux, éblouissant. Ce qui amena Manu à réviser l'âge qu'il lui avait donné. Galinetti touchait à la cinquantaine.

Sa chemise bâillait sur son torse court et puissant. Galinetti était de petite taille. La rondeur du personnage n'était qu'apparente. En regardant ses mains carrées, Manu pensa à un héros d'Hemingway : celui du « Vieil homme et la mer ».

Manu pensa que Galinetti avait du succès auprès des femmes. Elles devaient avoir envie de cajoler cette « petite poule d'eau » tout en connaissant, à certains moments, le frisson sensuel d'une crainte secrète.

Manu apprit que Galinetti était pêcheur de son

état. Mais pas un pêcheur ordinaire. Un pêcheur indépendant, qui vendait ses fruits de mer lui-même et les livrait directement à ses clients amis, dont la plupart tenaient des auberges.

— Je vois que tu es un homme libre, lui dit Manu.

Galinetti sourit. Ses dents en or établissaient que la pêche marchait bien ou qu'il ne s'était pas toujours borné à cette occupation. Il regarda Manu et se dit que cet homme venait de loin. Il n'aurait pu préciser à quoi il le voyait.

Galinetti et Toussaint Bartoli étaient de vieux amis. Toussaint vivait à Nice huit mois sur douze. Il avait un commerce.

— Lui, il est moins libre... dit Galinetti tout heureux de sa remarque.

Toussaint avait un bon visage, aux traits allongés. Sa bouche charnue était vivante. L'œil, que l'on croyait terne, était un œil malin. Il s'adressa à Manu en désignant Galinetti :

— Tout le monde ne peut pas coucher à califourchon sur une branche d'eucalyptus.

— Hé! hé! doucement, s'exclama Galinetti. Tu vois bien que tu tâches encore moyen de me rapetisser devant le monde. Attention, Toussaint! Attention!

— Je te rapetisse pas, je te mets en haut, sur l'eucalyptus.

— J'ai aussi une maison, assura Galinetti en regardant Manu.

– En bas, tout en bas, poursuivit Toussaint. Que si le vent souffle un peu sur la mer, sa maison, on ne la trouve plus...

– Un bateau? demanda Manu.

Galinetti prit un air avantageux et la chaleur de son accent corse donna aux mots un sens plus large.

– Un voilier. Et un seize mètres, s'il vous plaît.

– Je connais, répondit simplement Manu.

– Un seize mètres qui pourrait faire le tour du monde mais qui ne fait que le tour d'Ajaccio, précisa Toussaint.

Galinetti affecta d'ignorer son ami et s'orienta vers Manu.

– Tu en as un aussi?

Manu tambourina contre la table et retourna son verre vide. Une goutte de liquide glissa et toucha la table. Elle demeura emprisonnée dans la circonférence du verre.

Les hommes continuèrent à plaisanter Galinetti – Manu ne prêtait plus attention aux échanges de paroles. Quelqu'un donna le signal du départ.

– J'en avais un, murmura-t-il.

Le fils de Toussaint conduisait la voiture. Ils allaient passer chaque journée à dix kilomètres d'Ajaccio, sur la route des îles Sanguinaires.

L'établissement faisait plage-bar-restaurant. On y louait des pédalos, des canoës. Dans une petite anse, on prenait le départ derrière un canot rapide, les skis nautiques aux pieds. Le tout appartenait à Toussaint Bartoli.

Tino Rossi habitait à deux pas. Son domaine englobait la pointe rocheuse qui formait le petit port. Ce bord de mer dentelé était le secteur de pêche de Galinetti. Il avait une vieille barque à moteur, profonde et large. Manu ne vit pas le voilier et ne le réclama pas.

Un haut-parleur diffusait une sérénade. Les cabines, le bar, le bâtiment des cuisines étaient bleu et blanc. Près de l'entrée, en bordure de la route un seul arbre se dressait. Il distribuait un peu d'ombre, comme un reproche lancé aux gens qui ne recherchaient que le soleil.

Pendant que les autres débattaient s'ils devaient se baigner avant de passer à table ou, au contraire, passer d'abord à table et se baigner l'après-midi, Manu s'attardait dans la contemplation de l'arbre.

– C'est l'Eucalyptus, précisa Auguste.

Manu emprunta un slip de bain, se déshabilla dans la première cabine disponible et pénétra dans l'eau limpide. Après quelques brasses il se retourna pour mieux juger de l'univers de Galinetti. Il y avait l'arbre, le petit port naturel (qui abritait également le chris-craft de Tino Rossi), la profondeur et la clarté de l'eau contre les rochers.

Auguste nagea dans sa direction, le dépassa et gagna le large. Il était né le pied dans l'Océan. Il enfouissait son corps dans l'eau et l'eau acceptait son corps comme s'il n'existait pas en tant que corps mais en tant qu'élément liquide.

Manu sortit de l'eau avec lenteur. Il éprouva la résistance de l'eau en allongeant les enjambées. Il resta debout, sur le sable sec, égouttant son corps avec les paumes de ses mains. Une demi-douzaine de clients éparpillés buvaient l'apéritif. A dix brasses, sur la mer, deux pédalos croisaient, paresseusement propulsés par des cuisses nues.

La tête d'Auguste n'était plus qu'un minuscule point noir.

Galinetti sortait des coquillages d'un sac noir, avachi sur le sol. On croyait que le sac était vide et la main qu'il y plongeait ramenait chaque fois un coquillage de plus, qu'il disposait sur un plat ovale.

Manu s'approcha. Il s'imaginait que Galinetti ne l'avait pas vu, mais ce dernier s'empara d'une lame large et courte, ouvrit deux coquillages à la forme tarabiscotée, les posa sur sa main ouverte et présenta cette main à Manu, comme un plateau.

– Des moules de roches, dit-il.

Manu eut l'impression de mordre dans toutes les essences de la mer à la fois.

– Chez les marchands y en a pas, ajouta Galinetti.

François Bartoli, le fils de Toussaint était déjà assis sur une chaise d'osier. En regardant son visage, Manu savait qu'il n'en garderait aucun souvenir, tandis qu'il n'oublierait pas le visage de Toussaint.

Il pensa qu'un père devait se sentir bien seul lorsque le fils unique ne lui ressemble pas. Et ce fils, qu'y pouvait-il, s'il ressemblait à sa mère? Le soleil, les couleurs vives, l'ambiance amicale, presque familiale de l'endroit, l'émouvante chaleur qui passait dans le regard de Galinetti, rien n'endigua l'indicible tristesse qui voilait, couche après couche, le cœur de Manu.

Au dessert, un homme vêtu de blanc franchit la petite porte de la propriété de Tino Rossi.

Tino sortait de chez lui par la porte qui donnait sur la mer. Toussaint l'aperçut et leva le bras en poussant un hé! d'une belle ampleur.

Tino Rossi répondit au salut par un signe plus discret et s'avança vers le groupe. Manu ne le connaissait pas personnellement. Toussaint désigna Manu.

– On a un ami, alors on fait une petite fête.

Tino sourit. Il savait qu'il y avait « toujours un ami » et dans cette île la fête lui semblait perpétuelle. Il avait un beau visage romain. Il parlait doucement et ne faisait pas de gestes.

Manu pensa qu'il avait chanté toute sa vie et qu'il devait en éprouver une lassitude morale. Manu savait que l'habitude de se présenter chaque soir devant le public était l'équivalent d'une drogue. Il n'osa pas demander à cet homme la raison profonde qui l'incitait à chanter encore après une si longue carrière. Il espéra, pour lui, que c'était par besoin physique et non par besoin pécuniaire. On disait partout que Tino menait une vie rangée, à l'écart des bringues ruineuses. Il l'écouta s'inquiéter gentiment de ce que chacun devenait.

– Champagne pour tout le monde, commanda Manu.

C'est tout ce qu'il pouvait faire. Il le constata intérieurement avec amertume en se demandant s'il était destiné à faire couler le champagne et à distribuer des pièces d'or aux amours d'une nuit.

Il s'habitua à la présence de Tino et l'ennui reprit possession de sa personne.

Galinetti se leva en déclarant qu'il allait apprivoiser les poissons. Sa voix sonna, toute proche, arrachant Manu de son éloignement. Manu y releva le signe de l'intérêt qu'il témoignait à Galinetti tout en pensant que ce dernier avait dû boire trop de champagne.

Galinetti pénétra dans l'eau qui surplombait de très peu la terrasse sur laquelle le groupe venait de ripailler.

Il avait de l'eau jusqu'au bas-ventre. Il plongea doucement ses bras et la limpidité de l'eau permettait de suivre le moindre de ses mouvements. A l'aide de son couteau il détacha des coquillages d'un rocher, les rouvrit et les déposa sur le fond.

Ses mouvements ne ridaient même pas la surface. Il plongea la tête pour regarder, se déplaça sur sa gauche et déposa plus près de ses amis, d'autres coquillages ouverts. Bientôt il leur fit signe de mieux regarder.

Manu et les autres se penchèrent et virent des poissons, dont plusieurs étaient grands comme la main, qui dévoraient le festin préparé par Galinetti. Ils s'approchèrent encore davantage et il en profita pour s'avancer à leur rencontre. Tout cela se passait dans une surface de vingt mètres carrés.

Il était entouré de poissons qui évoluaient entre ses jambes, à l'image des pigeons et des moineaux que les enfants et les vieilles gens attirent dans un large geste plein de graines et de pain dur. Avec cette différence que Galinetti offrait un spectacle dans la Méditerranée et non dans un jardin public.

Si Roland était là, pensa Manu, il citerait le texte de Saint-Exupéry dans *Le Petit Prince :* « Apprivoise-moi, apprivoise-moi et tu verras... »

Roland avait dit un jour que le « Petit Prince » résumait la vie de tous les temps.

Galinetti sortit de l'eau et les poissons s'enfuirent. D'une voix un peu précipitée, il raconta une merveilleuse histoire de poisson malade. Un gros poisson qu'il avait découvert dans un trou de roche, soigné avec des algues et nourri de crabes et de crevettes. Depuis, le poisson l'escortait dans toutes ses pêches.

Des nuages blancs, sympathiques dans leur

rondeur enfantine, regardaient l'étendue bleue et lisse de la mer comme s'ils voulaient se décrocher du ciel et choir dans l'eau. Manu les imaginait, flottant comme des jouets, se donnant de joyeuses bourrades.

Galinetti riait, installé au centre de ses amis. Cette ambiance virile de plaisanterie et d'amitié conduisait les pensées de Manu vers des lueurs qu'il croyait éteintes.

Tino Rossi proposa, à Auguste et à Manu, un tour d'horizon en chris-craft. Les trois hommes se levèrent. Manu regarda Toussaint qui, visiblement, sombrait dans le début d'une sieste confortable. Son fils détaillait une fille seule qui venait d'arriver. Elle n'était pas du pays. Elle souriait à l'endroit qui lui plaisait, comme sourient ceux qui ont toutes les vacances devant eux et s'imaginent qu'elles ne s'achèveront jamais.

Manu, Auguste et Tino s'assirent à l'avant du lourd canot automobile qui était à la mer ce que la Cadillac est à la route. Tino s'empara du volant.

Galinetti était à l'arrière. Entre lui et la banquette avant, quelques centaines de chevaux-vapeur se mirent en marche.

Manu comprit que Galinetti était un familier de cette mécanique. Il occupait une place qui paraissait naturelle.

La griserie leur coupait la respiration. La vitesse creusait le sillage, soulevant le nez du bateau vers le ciel. Tino ralentit pour amorcer un grand virage dans le port d'Ajaccio.

Après la promenade en chris-craft, Tino demanda à Manu si « lui aussi écrivait des romans ». Manu réfléchit quelques secondes avant de répondre et le vide de son existence lui donna le vertige.

— Non, répondit-il enfin, moi, je voyage...

En s'écoutant prononcer cette phrase il comprit qu'il n'avait même plus le désir de voyager. Il avait déjà tellement et tellement voyagé. Il s'écarta des autres par la pensée et se demanda s'il ne devait pas reconsidérer le bonheur par rapport à un point fixe.

Il regarda les gens et les choses, autour de lui et les images prenaient la teinte des images lorsqu'il les voyait pour la dernière fois.

L'après-midi s'achevait. Les hommes se disaient « à demain ». Et lui, où serait-il demain?

Auguste glissa un bras sous le sien pour lui dire qu'il l'invitait à dîner et qu'ils iraient à l'endroit dont il lui avait parlé le matin même.

L'endroit. Le piège aux rêves, le placard qui débarrasse du désir. Pourquoi pas? Il n'y a rien à refuser lorsque tous les lieux se ressemblent. Ce matin il était d'accord.

— Il n'y a qu'un endroit? demanda-t-il bêtement.

Auguste ne répondit pas. En sortant du restaurant, cours Granval, au centre d'Ajaccio, Auguste décida de rejoindre l'endroit à pied.

Ils remontèrent le cours Granval, dans la tiédeur du soir. Ils se taisaient. En approchant de l'esplanade, qui terminait l'avenue, il y avait davantage de lumière. Manu se demanda ce qu'il faisait là. Il eut le sentiment qu'il ne fuyait pas, qu'il n'acceptait la présence d'Auguste qu'en raison de la misère, de la lutte contre la famine que son compagnon avait soutenue étant gosse. A l'époque où les orphelinats étaient synonymes de coups, d'habits de bure et de cheveux tondus. Manu n'aurait su l'expliquer mais il ne s'entendait qu'avec les gens qui revenaient de loin. Il s'efforçait d'oublier les autres points de mésentente pour ne retenir que celui-là.

Des villas bordaient une avenue en corniche. Ils en longèrent quelques-unes et Auguste sonna au portillon de fer d'une demeure de conception effacée bien qu'assez vaste.

Manu s'attendait à voir apparaître une soubrette équivoque ou une ancienne belle étranglée dans sa graisse, lorsque la silhouette d'un jardinier se dressa devant le portillon.

L'homme dévisagea Auguste et ouvrit. Auguste lui adressa un léger signe et marcha sur la pelouse qui s'étendait jusqu'aux trois marches du perron.

Manu se demandait si ce jardinier était une plaisanterie ou un jardinier authentique. Il le détailla encore et n'y releva aucune trace de jardinier d'opérette. Ses mains s'ornaient des durillons obligatoires, ses chaussures étaient terreuses, son pantalon de velours côtelé donnait des signes de fatigue à la hauteur des genoux. Il regarda les deux hommes disparaître à l'intérieur de la maison.

Une femme introduisit Auguste et Manu dans une pièce austère, décorée de boiseries, meublée dans un style rustique. Des meubles tout en épaisseur, aux lignes droites et pures.

La femme avait un visage de femme de pionnier. Celles qui accompagnaient les hommes sur les terres vierges. Celles qui mettaient des enfants au monde dans des chariots cahotants, qui rechargeaient les fusils, qui découpaient les quartiers de viande au poignard et n'avaient pas oublié les prières anciennes.

Manu regarda cette femme. Elle avait les yeux bleus. Elle ne les baissait pas. Elle était assez grande, toute droite. Ses cheveux gris étaient tirés en arrière. Elle avait dépassé la quarantaine. Une profonde santé se dégageait du lieu et du regard de cette femme. Manu se trouvait transporté bien loin de l'ambiance qu'il avait imaginée. Il avait l'impression qu'Auguste s'était trompé d'adresse. Où étaient les filles habituelles, dévêtues ou curieusement vêtues, les petits salons tapissés de miroirs, les gravures pornographiques et les nombreux sous-entendus d'une luxure facile?

– C'est pour mon ami. Est-ce que ça sera possible? demanda Auguste.

Elle était debout. Elle plongea son regard dans celui de Manu et l'invita à la suivre. L'un derrière l'autre ils gravirent un escalier. En arrivant sur le palier, Manu se retourna et constata qu'Auguste était resté dans la salle du bas. Sans doute se réservait-il une fille qui logeait au rez-de-chaussée.

La femme qui guidait Manu désigna une porte sans l'ouvrir. Ils se trouvaient au fond d'un couloir. Elle consulta sa montre : elle marquait vingt-deux heures.

– Ne restez pas trop tard, dit-elle seulement.

Elle ne souriait pas. Elle n'était ni désagréable, ni polie. Son accent corse était à peine prononcé. Le son de sa voix était naturellement bas. On comprenait qu'il n'était pas dans ses habitudes d'élever la voix.

Un choc sourd, semblable à celui de la chute d'un corps, leur parvint d'une pièce voisine. Manu avait l'oreille exercée, il capta aussi un léger cliquetis de métal et une plainte sourde.

Les yeux de l'hôtesse s'agrandirent l'espace d'une fraction de seconde et elle s'éloigna rapidement de Manu. Elle allait dans la direction du bruit. Elle ouvrit une porte et disparut sans se retourner.

Manu, immobile, bloqua sa respiration pour écouter. La maison était retombée dans le silence. Il regarda la porte derrière laquelle une femme l'attendait, soumise à l'avance.

Il retarda volontairement l'envie de connaître son visage. Il posa la main contre la porte, se pencha pour écouter et ne reçut que le silence. Il se demanda si Auguste ne lui avait pas joué une énorme farce diabolique « à la bretonne ».

Il manœuvra la porte d'un seul coup et la referma sans attendre, pour s'incorporer immédiatement à ce qui l'attendait.

Le lit était au centre de la pièce. Son importance grandissait avec les secondes. Manu ne vit pas les autres meubles. Il remarqua que si l'on pouvait tourner autour du lit, on ne jouissait pas pour autant d'une grande surface. La pièce était petite et le lit la dévorait.

La fille se retourna assez dédaigneusement. Elle se tenait près de la fenêtre, dont elle avait tiré les rideaux. Elle avait de grands yeux. Son visage n'était pas fardé. Elle était belle comme savent l'être les femmes épanouies par la trentaine.

Sa beauté était pleine. Elle se déplaça sans étonnement. Ses gestes lents étaient ceux d'une femme distinguée.

— Bonsoir, murmura Manu.

Elle inclina sèchement la tête et désigna le lit du

bout des doigts. La teinte chaude de son déshabillé rehaussait encore sa carnation de brune.

– J'avais peur de m'être trompé de chambre, dit-il sur le ton de la plaisanterie.

Elle ne répondit pas mais elle coupa la lumière centrale de la chambre. Il ne restait plus qu'une lampe de chevet curieusement juchée sur un des côtés du montant du lit.

Il s'allongea sur le lit, le coude en appui, la tête sur la paume de la main. Elle lui tourna le dos. Il entendit le couvercle d'un coffret qui se refermait en claquant. Elle dénoua son déshabillé et apparut dans une chemise longue jusqu'aux chevilles.

Il lui fit face et il ne chercha pas à évaluer la rondeur de ses seins ni la galbe de ses cuisses. Il posa un regard tranquille sur son visage et il constata que la jeune femme n'entretenait plus, au fond de ses grands yeux, la lueur d'insolence.

Elle vint s'asseoir près de lui. Il n'était pas pressé de poser la main sur elle. Il se demandait progressivement ce qu'elle faisait dans une maison close clandestine.

Il aurait voulu l'interroger, savoir comment et par qui elle était descendue jusque-là? Mais il craignit son dédain, sa phrase :

– Ah! vous êtes un type aux questions, vous aussi...

Il savait qu'à cause des impossibles questions, toutes les filles de joie racontaient la même histoire :

la vieille maman malade, le père ivrogne ou mort à la guerre, et le salaud qui, après avoir abusé de son inexpérience, l'avait mise enceinte et abandonnée. Alors, n'est-ce pas, il fallait élever l'enfant...

Manu se taisait toujours. Elle s'allongea et ferma les yeux. Elle avait déjà tellement eu à supporter de vicieux, d'impuissants, de faux tendres. Elle aurait préféré que cet homme s'abatte sur elle et qu'il disparaisse vite. Afin de pouvoir boucler sa porte sur la nuit, envelopper son propre corps de ses propres bras, s'abreuver de quelques heures de solitude.

– Regardez-moi, dit-il.

Elle ouvrit les yeux. Il approcha son visage. Elle trouva que son expression était à la fois inquiétante et apaisante. Elle se raidit, refusant le léger trouble qui effleurait sa peau.

Il posa une main calme sur son épaule nue. Elle sentit à quel point il était maître de lui. Il l'embrassa sur le coin des lèvres. La bouche de la femme trembla imperceptiblement.

Une vague d'orgueil imbécile submergea Manu, lui apportant la certitude qu'il allait connaître une étreinte toute neuve, qu'aucun habitué de cette maison n'avait su éveiller, une étreinte dont cette femme elle-même s'étonnerait.

Il lui caressa le front du bout des doigts et, de sa main libre, il éteignit la lumière.

Vers une heure du matin elle l'écarta de lui et lui conseilla de s'en aller.

De sa chambre elle pouvait éclairer les couloirs de la maison. Il longea le couloir, descendit les escaliers. Devant la porte principale il eut la surprise de voir se dresser la silhouette du jardinier.

Il l'escorta, sans un mot, jusqu'à la grille. Deux chiens-loups suivaient, l'un à droite, l'autre à gauche. C'étaient des bergers allemands capables de déchiqueter un homme dans un temps record.

Manu dormit mal et sonna à la porte d'Auguste Lebreton à huit heures du matin. Il habitait chez Toussaint Bartoli. Toussait dormait, cependant qu'Auguste était matinal.

Manu le trouva en train d'écrire. Il ne lui posa aucune question sur son travail. Il n'était venu que pour lui parler de cette femme.

Auguste écouta le tourbillon des questions et prit son temps pour répondre.

– Je n'en sais pas plus que toi et je n'ai pas l'intention de chercher à en savoir plus, dit-il. J'y suis allé trois fois en tout. Une fois avec le Corse qui m'a présenté. Une fois tout seul et une fois avec toi. J'y retournerai ou je n'y retournerai pas, je n'en sais rien. Si j'en ai envie j'y retournerai, si je n'en ai pas envie je n'y retournerai pas. C'est très simple, comme tu vois.

Manu jugeait que c'est en effet trop simple pour être aussi simple que cela.

– Pourquoi tu es parti hier soir? Tu aurais pu t'envoyer une autre fille, dit-il soudain.

Les sourcils broussailleux d'Auguste remuèrent et il frictionna vigoureusement ses gencives avec sa langue.

– Il n'y a pas d'autres filles... Il n'y a qu'elle, avoua-t-il.

– Et... comment tu la trouves?

– Un peu pimbêche, mais ça ne manque pas de sel, fit Auguste.

– Cher?... Elle t'a pris cher? demanda-t-il sur un ton presque rageur.

– Plus cher que toutes... Parce qu'elle ne fixe pas de prix. Elle m'a dit de donner ce que je voulais. Et cette formule-là, ça te coûte toujours un maximum.

Manu s'était levé. Il ne tenait plus en place. – Tu en avais déjà rencontré des filles comme ça?

Auguste joua une seconde avec son stylo à bille.

– Non... Mais ça existe, tu vois, puisqu'on a rencontré celle-là (il ajouta en regardant les feuilles manuscrites étalées sur le bureau). Tout existe. On y croit pas jusqu'au jour où on tombe dessus.

Manu sortit et traîna dans la ville. L'après-midi il retourna dans l'étrange maison. La femme était « occupée ».

Une impatience sourde montait en lui. Il joua la comédie du monsieur humble, du complexé, fidèle à la putain qui le comprend et le console. Il ne voulait effrayer personne et il ne mésestimait pas la propriétaire de la maison qui avait l'œil des gens que l'on abuse difficilement.

En fin d'après-midi il put voir la femme. Ils ne parlèrent presque pas. Il se refusait toujours à la questionner. Il n'avait pas demandé à Auguste ce qu'il savait sur les propriétaires de la maison. Il ne pouvait pas se permettre de poser une question aussi indiscrète, à laquelle d'ailleurs Auguste n'aurait pas répondu.

Elle lui avait dit qu'elle s'appelait Hélène. C'était son véritable prénom. Elle avait perdu l'habitude de le prononcer. Elle aurait pu lui mentir, comme à tous les autres. Elle avait livré son véritable prénom et l'avait répété, plus bas, à deux reprises.

Manu comprit qu'elle se libérait un peu. Dans la pénombre il se complaisait à la laisser libre, à la gagner en s'effaçant, à n'être qu'un témoin.

Il s'attachait à cette femme secrète, qu'il sentait infiniment au-dessus de sa condition actuelle. Elle faisait partie de la série des personnages forts, dont on croise parfois le chemin, et qui vous fixent au passage.

A l'extrémité de l'avenue Granval qui menait à la ville, il y avait une esplanade. L'empereur, coiffé du chapeau légendaire, debout, à pied, la main sur l'ulcère de son estomac, dominait l'esplanade.

Sur un marbre immense Manu relisait la phrase gravée. Il la relisait chaque fois :

Nous l'avons vu gravir superbe,
Les échelons des cieux.

La liste des batailles et celle des efforts sociaux (université, banque de France, etc.) suivaient cette phrase.

Les listes étaient séparées. Les batailles n'étaient pas considérées comme un effort social, même par les Corses.

Manu laissa l'esplanade derrière lui et rejoignit la maison. La maison d'Hélène, comme il était tenté de la désigner.

Ce soir-là il fit allusion à l'homme qu'il avait entendu tomber le jour de sa première visite. Il parla également du cliquetis de métal.

Hélène ne broncha pas. Elle entendait dans sa poitrine la sarabande de la joie.

Elle tissait depuis des jours son filet autour de

Manu, dont elle ne savait rien sinon que ce genre de chevalier moderne, de chevalier sans armure, était capable de risquer une action folle. L'action dont elle avait besoin et qu'elle attendait depuis des années.

– Tu as entendu tomber... murmura-t-elle dans un souffle.

Il acquiesça. Elle se détourna de lui et laissa battre de nombreuses secondes.

– Ce n'était rien... rien du tout, assura-t-elle d'une voix qu'elle savait être hésitante.

Ce soir-là il lui donna la dernière pièce d'or. Celle qu'il tenait dans sa main en prenant l'avion. Elle prit la pièce sans la regarder. Elle la serra entre ses deux paumes. Elle tordait ses doigts.

Elle ne demanda pas si « c'était de l'or? ». Elle avait un autre sujet de préoccupation. Manu regarda son visage pathétique et ses yeux secs. Des yeux effrayés, en dehors des larmes.

– J'ai peur... dit-elle d'une voix blanche. Depuis des années je crève de peur... Si tu savais comme j'ai peur...

VI

Au bruit du coup de frein sur les gravillons de l'allée, Roland était sorti du hangar-atelier dans lequel il passait quelques heures de sa journée. Manu avait surgi de la 403 rouge comme un diable de sa boîte.

Ils n'avaient même pas pris le temps de gagner la maison. Roland avait écouté Manu sans l'interrompre et Manu avait parlé d'une seule traite. Maintenant il attendait la réponse de Roland. Ce dernier décolla son dos du mur du garage et se déplaça. Manu le suivit, épaule contre épaule, jusqu'à la limite de la propriété, sous les pins.

Le vent avait soufflé toute la nuit et sa marche fantastique, brisée par les rayons obliques du soleil matinal, faiblissait. Mais les pins se balançaient encore, en grinçant comme les hautes mâtures des voiliers.

– La situation de cette femme n'est pas très nouvelle... dit Roland en détachant les mots.

Manu ouvrit la bouche pour répondre et la

referma. Roland rapprochait le récit de Manu de toutes les histoires de prostituées, les histoires banales des filles qui, un beau jour, cherchent à s'évader d'une tutelle menaçante en essayant d'oublier, qu'au début, cette tutelle ne leur déplaisait pas.

Manu avait brusquement quitté la Corse dans un réflexe d'autodéfense. Il était riche. Il était miraculeusement sorti sain et sauf d'une série d'aventures scabreuses. Il ne lui restait plus qu'à découvrir la meilleure façon de profiter de sa fortune et de sa bonne santé. Là était le seul but.

Hélène, la femme séquestrée, avait un instant brouillé son esprit, mais, en face de Roland, il comprenait que le seul but à atteindre était la recherche de la paix.

Roland l'examina avec attention. Il connaissait les mille signes du visage de son ami et toutes les nuances de ses yeux. Il connaissait toutes les inflexions de sa voix pour avoir entendu cette voix s'élever ou s'étouffer dans les circonstances les plus extrêmes.

Manu avait parlé d'Hélène d'une voix précipitée, revendicatrice. Roland sentait qu'il n'était revenu en Bretagne que pour « s'écouter » raconter cette histoire. Pour mieux savoir ce qu'il devait en faire. Roland évaluait les ravages causés par la rencontre, dans la villa austère d'un quartier d'Ajaccio.

— Après tout, il n'y a rien qui presse, dit Roland.

Il voulait dire que cette femme avait attendu des

années. Il ne proposa pas à Manu de l'aider. Il était même prêt à lui refuser l'aide que Manu pourrait éventuellement lui réclamer. Il voulait gagner du temps et que Manu s'en aille dans un autre coin du monde, si la bougeotte le tenait toujours.

– Il n'y a rien qui presse, répéta-t-il en l'entraînant vers la maison.

Une femme y vivait depuis peu. Roland la lui présenta comme une amie d'enfance. Elle s'appelait Jeanne. Elle était brune. Elle oscillait entre trente et trente-cinq ans. Son visage était calme. Lorsqu'elle regardait Roland elle donnait l'impression de lui avoir toujours appartenu. De son côté il la regardait sans inquiétude, avec la sérénité des gens qui bâtissent sur le cœur.

Manu retrouva sa chambre et son pistolet automatique sous le linge, au fond du coffre en bois. Il soupesa son arme. Il aimait sa densité, sa force ramassée, trapue. Il joua un peu avec les balles de 9 mm, les mêlant dans le creux de sa main, écoutant le bruissement qu'elles produisaient en se frottant les unes contre les autres.

Il referma le coffre et, la pensée des gens qui séquestraient Hélène l'assaillit. Le soir il s'isola avec Roland.

– Et si tu avais trouvé Jeanne séquestrée qu'aurais-tu fait? lui demanda-t-il brusquement.

– C'est qu'elle aurait changé et que ça ne serait plus la Jeanne que j'ai connue, répondit-il.

Manu pensa qu'il avait posé une question stupide. Mais à force de regarder Jeanne il lui trouvait des points communs avec Hélène. Une sorte de tristesse dans les yeux et, sur le visage, les marques des femmes qui vivent dans l'attente et ont déjà vu trop de choses.

– Tu sais que nous avons un tas de voisins sympathiques, dit Roland.

Manu savait à quel point Roland pouvait être merveilleux dans les contacts humains. Les gens s'en emparaient et ne voyaient plus que par lui. Il entraîna Manu chez une Anglaise qui vivait toute l'année dans une propriété mitoyenne. Elle venait de recevoir sa nièce pour les vacances. La jeune fille habitait Paris. Elle y poursuivait des études. D'après Roland elle préparait une licence de langues et se passionnait pour la géologie.

Manu s'attendait à serrer la main d'une grande fille sèche ou d'une petite boulotte aux yeux de batracien.

Elle s'appelait Muriel et n'était ni osseuse ni adipeuse. Sous une étoffe légère on devinait un corps sain et ferme. Ses cheveux d'un roux presque blond frôlaient ses épaules. Ses yeux verts n'abusaient pas de leur clarté. Elle les ouvrait sans coquetterie apparente. Son nez était petit et rieur. Quelques taches de son se détachaient à peine sur son visage, accentuant son charme.

« Et dire qu'elle a peut-être des fossettes », pensa Manu qui maugréait toujours contre les tableaux trop complets.

La jeune fille sourit à Roland et à Jeanne qu'elle aimait bien et Manu vit apparaître une fossette. Elle n'en avait qu'une. Une fossette blottie dans un repli de chair tendre. Une fossette à croquer. Il soupira et regarda la tante de Muriel. Elle ressemblait à Fernandel. Il se demanda si les années parviendraient à métamorphoser à ce point les traits de la jeune fille.

Elle se mit à parler de vieilles pierres et de coquillages avec Roland et Jeanne. Manu écoutait. Il absorba une liqueur forte que la brave tante lui offrait. Et un second verre suivi d'un troisième. Elle demeurait imperturbable comme les vrais humoristes.

– Où sont ces pièces rares? questionna Manu en affichant le doute le plus intégral.

Muriel alla vivement chercher les boîtes remplies de pierres et de coquillages. Il y avait des petits casiers et des classifications savantes inscrites sur des étiquettes longues et étroites.

Elle présenta gentiment les boîtes à Manu. Elle était à genoux sur le tapis. Jeanne était assise auprès d'elle sur le tapis. Elle lui passait les boîtes une à une. Jeanne rayonnait d'une paix définitive qui énervait Manu. Il évitait même de la regarder. Il rendit à Muriel la dernière boîte d'une collection qui avait coûté des années d'effort et il se renversa dans son fauteuil.

– C'est une plaisanterie? s'exclama-t-il en prenant l'entourage à témoin. Vous les ramassez à la pelle ou quoi? (il regardait Muriel). J'en ai vu des milliers sur la grève juste en face de la maison de mon ami.

– Eh bien retournez-y demain matin et vous me les montrerez, ça m'amusera! lança-t-elle (et elle ajouta)... puisque vous êtes si malin.

La tante inclina la bouteille de liqueur sur le verre de Manu et lui tendit le verre plein comme on le tend aux gens qui tournent de l'œil.

Roland souriait.

– A demain, fit Manu en levant son verre.

La grève était déserte. Il était neuf heures du matin. Il y avait un avancement de rocher et puis la grève se creusait en une courbe douce vers l'intérieur, avant d'amorcer la longue ligne droite surplombée par les dunes à l'herbe coupante.

Manu arriva juste pour entendre les cris désespérés de Muriel qui se noyait à une centaine de brasses au large.

Il vit son bras s'agiter et disparaître. Et, de nouveau la tête remonta en surface.

Il avait les clés du garage à bateau de Roland. Dans un réflexe il raya le bateau de sa pensée à cause du temps nécessaire à l'ouverture du garage, à la mise à l'eau de l'engin, et au lancement d'un moteur qui réservait sans doute une surprise comme toutes les mécaniques dont on a un trop vif besoin. On dirait qu'elles le comprennent.

Il était venu dans l'intention de rencontrer Muriel et de se baigner (il portait un slip de bain sous son pantalon). Le programme était inchangé. Sauf pour la baignade. Il pensait attendre que le soleil de midi fasse son œuvre.

En deux secondes il se débarrassa des spartiates, du pantalon, du maillot et se jeta dans la mer.

Il progressait à l'aide d'un crawl forcené. Il réentendait les paroles de la tante de Muriel : « Elle nage bien, mais elle va trop loin, beaucoup trop loin », disait-elle. Et encore : « Si seulement elle se baignait aux heures de tout le monde. Mais elle se baigne quand il n'y a personne. »

Et la petite voix de Muriel : « Quand on est seule dans la mer on est mieux. La mer est plus grande... on se sent libre. »

Manu pensa qu'elle avait été victime d'une crampe en revenant de couvrir une longue distance.

A une dizaine de mètres de Muriel il perçut un cri, étouffé dans un gargouillement.

Il accentua sa vitesse et compta mentalement une dizaine de brasses. Il se trouvait à l'endroit d'où lui était parvenu le dernier appel de la noyée.

Il plongea et la rencontra immédiatement, par deux mètres de fond. Il la saisit aux cheveux et la remonta en surface. Elle aspira des bouffées d'air dans un sursaut qui la fit suffoquer.

Il la prit sous les aisselles avant qu'elle ne lui entrave les mouvements en s'agrippant à lui avec l'énergie du désespoir. Il nagea sur le dos avec lenteur et précision. Elle se laissa traîner, le corps mou et, petit à petit, elle amorça un léger battement de jambes qui aida Manu à regagner le rivage.

Il éprouva un plaisir secret en constatant qu'elle réagissait comme une sportive habituée à courir certains risques et non comme un gros ventre affolé en face d'une mort qui le priverait des jouissances stomacales soudées peut-être aux sexuelles.

Mais, en reprenant pied, à la seconde où elle s'imaginait qu'il ne la regardait pas, il capta le bref éclair de son œil malin qu'elle éteignit aussitôt.

Il s'était laissé prendre au jeu de la fausse noyée. Il n'avait guère eu l'occasion dans sa vie de jouer ce jeu. Il pensa que la baignade en était le mauvais côté et que le sauveteur pouvait ensuite s'octroyer une petite liberté.

Il gifla la jeune fille qui tenta de se dégager en criant que « c'était pour rire ». Il la gifla encore et la coucha sur le sable humide. Il pesa de ses genoux sur ses bras en croix et lui comprima la poitrine dans un semblant de mouvement respiratoire.

Elle battait l'air de ses jambes et hurlait « qu'il était complètement fou! » « qu'il ne voyait pas qu'elle n'avait rien! » « qu'il lui faisait mal! » « qu'il n'était qu'une sale brute! ».

Il la retourna comme une crêpe, s'assit confortablement sur son dos et lui administra une fessée. Une bonne fessée consciencieuse, scandée. Ses fesses succédaient aux cuisses dans une courbe agréable de chair tendue et ferme, sans pli.

Cette contemplation le laissait froid. Il ne pensait qu'à la comédie qu'elle venait de lui jouer. Lorsque la peau de Muriel rougit uniformément il s'arrêta et se leva.

Elle demeura inerte le front calé dans la saignée du bras.

— Je vois que vous allez mieux. Vous déliriez tout à l'heure, dit-il.

Elle se redressa en s'appuyant sur son bras tendu, la paume au sol.

— Vous osez encore m'adresser la parole! Après ce que vous m'avez fait!

— J'ai fait pour le mieux, répondit-il modestement.

Elle sentait la brûlure de ses fesses. Elle inclina le cou pour les regarder. Elle n'osait y porter la main.

— Dans ce cas-là il faut chercher à activer la circulation du sang, dit-il d'un ton doctoral.

Elle s'agenouilla d'abord et se dressa en face de lui.

– Je dirai à Roland quel type vous êtes... menaça-t-elle.

Il lui barra le chemin du retour en souriant.

– S'est-il jeté à l'eau pour vous, lui aussi?

– Oui. Et il n'a pas fait tant d'histoires. Il a ri... l-u-i. Nous avons ri ensemble. Je l'ai fait à tous mes amis. Des gens sains, ajouta-t-elle.

– Mais moi je ne suis pas votre ami, dit-il sèchement.

Comme il ne trouvait rien de mieux à faire il pénétra dans l'Océan. Elle le regarda flotter. Il s'arrangeait pour ne pas orienter ses yeux vers la grève.

Elle s'éloigna de lui à son tour et gravit la dune qui la séparait de la maison de sa tante. Elle reconnaissait mal les lieux familiers. La matinée était brisée, en deux morceaux d'une précieuse porcelaine. Il était pitoyable de promener son doigt sur la cassure toute blanche et tranchante. On pouvait coller, réassembler. Mais on savait bien que rien ne remplacerait la continuité.

Muriel avait pensé qu'ils s'égayeraient ensemble de la plaisanterie de la fausse noyade et qu'elle parviendrait à lui fourrer dans la tête une ou deux classifications de coquillages.

Elle appuya son dos contre le premier grand pin de la propriété pour adopter une ligne de conduite. Tout son corps résonnait des mains de Manu. Elle décida de lui en vouloir énormément et s'en trouva toute heureuse.

André Moulin, le fils des postiers de Fouesnant longea l'allée et s'arrêta devant la maison. Il jeta un coup d'œil autour de lui et plaça ses petites mains en porte-voix.

– Roland! Hé! Roland!... cria-t-il.

De sa fenêtre Manu voyait et entendait. Il vit Jeanne jaillir d'une porte et Roland d'une autre porte. Celle de son atelier d'où s'élevaient des bruits étranges et différents.

L'enfant était apprivoisé. Manu pensa que bientôt il préférerait Jeanne et Roland à ses propres parents. Si ce n'était déjà fait.

Comment, et d'ailleurs pourquoi résisterait-il à ce couple? pensa Manu. Il y avait Jeanne, douce, généreuse, d'une beauté tranquille, accouplée à Roland, paladin rustique, le cœur bondé d'histoires pour enfants.

Manu ne descendit pas. La vie organisée de la maison battait à ses tempes comme une fièvre. Il avait cru et croyait encore que la tombe de Laurent leur était nécessaire. Qu'elle résumait quelque chose. Qu'elle les attirerait puisqu'elle ne pouvait venir à eux. Mais déjà Roland s'enracinait et pétrissait la vie avec de la vie.

Roland allait suivre l'épanouissement de l'enfant. Et aussi celle de la matière qu'il pétrissait dans son atelier. Manu n'y connaissait rien mais il avait vu des appareils compliqués, des circuits en tubes dont Roland vérifiait et notait les diamètres, des cadrans aux aiguilles folles.

Roland travaillait à ce qu'il appelait une « simplification de l'industrie automobile ».

— Pourquoi, pourquoi?... avait demandé Manu.

— Pour que ça fonctionne et que je le voie fonctionner, avait répondu Roland.

— Ça sera long?

— Deux, trois... cinq ans peut-être.

— Et si ça ne marche pas ton truc? avait supposé Manu dont le cerveau ne parvenait pas à concrétiser la future invention de Roland.

Roland l'avait regardé. Chez Manu le doute était le signe d'un désarroi profond. Roland avait cherché un exemple de doute entre Manu et lui et il n'en avait pas trouvé. Lorsque Roland avait voulu lui exposer jadis les plans du robot explorateur des fonds marins, Manu avait froissé les feuilles vierges.

— Ce n'est pas la peine. Je suis certain que ton truc marchera...

Aujourd'hui, alors que l'enjeu de l'invention de Roland était nul, que ce travail n'était qu'un moyen de continuer à entreprendre dans la quiétude matérielle, Manu ergotait à l'instar des commanditaires de médiocre envergure.

Manu avait senti longtemps le poids du regard

de Roland. Il avait eu l'impression que Roland lui trouvait soudain les épaules moins larges.

— Si ça ne marche pas, avait répondu Roland, j'aurai toujours passé quelques bonnes années...

Et ensuite il fera autre chose, pensa Manu. Roland ferait toujours quelque chose. De sa chambre, Manu voyait le petit André Moulin lever sa tête blonde vers Roland.

Oui, Roland s'enracinait en pétrissant la vie avec de la vie, avec ce gosse qui avait les yeux de leur ami, avec des tubes et des manomètres qui vivaient déjà à l'aide d'une pompe perfectionnée en guise de cœur. Et Roland veillait à ce que la pompe ne s'arrête pas.

Le front contre sa vitre Manu pensa qu'en rendant la vie à quelqu'un tout prendrait un sens nouveau.

Lazare était sorti du tombeau mais, de toute évidence, Laurent n'en sortirait pas. Il y pourrirait comme il était d'usage d'y pourrir.

Manu ne pouvait que faire tomber les chaînes d'Hélène, lui donner une chance, l'installer au bout du monde. Il se demanda ce qu'elle désirait vraiment. Elle ne l'aimait pas et il ne l'aimait pas. Cette conclusion le fit grimacer. Il décida d'en reparler à Roland. L'univers se bornait à Roland et à l'ukulélé qu'il avait rapporté du Pacifique. Mais l'instrument résistait, n'émettant que des sons aigres, pointus, frères ennemis, privés d'ambition musicale.

Il se confiait à Roland en dehors de la présence de Jeanne. Il parvenait mal à assimiler la présence de cette femme. Il s'acharnait à sauvegarder les secrets qu'ils recelaient entre eux. Il ne lui avait pas demandé si Jeanne connaissait la cachette de l'or. Jeanne ne devrait jamais la connaître. Il s'en voulut d'avoir eu cette pensée. Jeanne ne pénétrerait jamais totalement dans la vie de Roland. Manu pensa qu'il en serait de même pour lui. Aucune femme ne partagerait entièrement sa vie car pour partager une autre vie le présent ne suffirait pas. Il faudrait livrer le passé. Ce que Roland ni Manu ne pourraient faire.

Manu s'imaginait qu'il ne trouvait Roland seul qu'en guettant le moment propice, alors que Jeanne épiait Manu et s'effaçait volontairement chaque fois qu'il se dirigeait vers Roland.

– Tu sais ce que je pense des marchands d'esclaves, commença Manu.

Roland acquiesça. Manu leur en avait rebattu les oreilles pendant des années.

– C'est facile de boucler une femme dans une villa! Tout peut servir de prison. Dès qu'on empêche quelqu'un de sortir, ça fait une prison! Et ça prouve quoi? Rien. Absolument rien.

– Les prisons ça date de vieux, tu sais, dit Roland avec gentillesse.

– Et si je te laisse faire tu vas me dire la date exacte et me raconter l'histoire des prisons en général! Tu ne sais pas que je fais un détour maintenant pour éviter de passer devant une prison... ou je tourne la tête pour ne pas voir les murs. Elles commencent à m'emmerder les prisons, si tu veux le savoir! Est-ce qu'on a mis en prison ceux qui ont tué Laurent, nous? On aurait pu les enchaîner au fond du bateau et se pavaner devant eux jusqu'à plus soif.

— Ils ont tué, ils sont morts, murmura Roland. On ne sait plus ce qui était le mieux finalement.

— Eh bien! cette femme qu'ils la tuent ou qu'ils la laissent!...

— Ou qu'ils te la vendent... Tu es riche maintenant...

Manu supporta la densité des petits yeux de Roland, et leur exceptionnelle gravité indiquait que Roland ne venait pas d'inventer sa phrase. Elle était prête depuis des jours. Roland referma sa grande main autour du bras de Manu et le serra.

— Quand on veut aider un malheureux, on paye pour lui. C'est l'aide la plus directe. Et puis... il n'est pas obligé de l'apprendre. Si on ne lui dit rien...

Manu regarda la base de l'arbre. La terre engrossée par l'épanouissement des racines, se gonflait autour du tronc.

— Peut-être... oui... peut-être, finit-il par dire.

Roland ferma les yeux, lâcha le bras de Manu et soupira sans expirer l'air, pour dissimuler son émotion. Si Manu achetait cette femme tout se passerait en dehors de la violence et le résultat serait le même. Et Manu vivrait. Sinon, comme les autres étaient nombreux, ils abattraient Manu. On peut tirer sur un homme de tellement d'endroits que même la présence de Roland n'y changerait rien.

– Tout est compliqué, dit encore Manu.

Roland pensa que cela était faux, que la paix était accessible à ceux qui ne la repoussaient pas à plaisir. Il frotta la paume de sa main aux doigts mutilés contre l'écorce de l'arbre.

– Quand il ne reste plus qu'un ami, on voudrait le conserver longtemps, dit-il.

Manu plaisait à la tante de Muriel. Elle comprenait que Manu et Roland n'étaient pas une monnaie courante. C'est-à-dire que leurs qualités et leurs défauts touchaient au paroxysme. Dans sa jeunesse un Irlandais l'avait aimée et enlevée de vive force à une famille hostile à cette union. Elle n'aimait pas les hommes que les femmes transforment en pantin et qui perdent à la fois la femme et leur condition d'homme, puisque la femme rejette ensuite le pantin qu'ils sont devenus par faiblesse.

Elle accueillit gentiment Manu et dit très fort :

– Muriel, une visite pour toi!

– Qui est-ce? cria la jeune fille du premier étage.

– Le maître nageur, répondit Manu.

Il y eut un silence. Manu et la tante souriaient.

– Allez au diable! hurla Muriel.

Manu amorça une montée rapide de l'escalier mais une serrure fermée à grand bruit l'immobilisa.

La tante leva les bras en signe d'impuissance. Manu adopta un air navré et se laissa entraîner dans le salon pour bavarder. Il apprit, éntre autres, que Muriel se rendait à Fouesnant chaque fin, d'après-midi pour y faire des achats, au volant de la voiture de sa tante, une Bentley grise.

Le jour même il la guetta sur la longue ligne droite reliant Beg-Meil à Fouesnant.

Manu attendait au volant de sa 403 décapotable, moteur en marche, sur une petite route perpendiculaire à la nationale. Il laissa passer Muriel et fonça à sa poursuite. Parvenu à sa hauteur il klaxonna et serra insensiblement la Bentley sur le bas-côté. Muriel eut la sensation d'une masse rouge, à sa gauche et lâcha l'accélérateur. Elle s'imaginait avoir eu un réflexe heureux qui ne surprit pas Manu pour autant. Il avait déjà eu l'occasion d'utiliser ce procédé et les gens freinaient bien naturellement. Il se rabattit à droite et stoppa, obligeant Muriel à l'imiter.

Des voitures venaient en sens inverse. D'autres

doublèrent aisément les deux voitures rangées, car la chaussée était large.

— Qu'est-ce qui vous prend? cria Muriel.

— Vous m'avez envoyé au diable et je ne l'ai pas trouvé.

Elle avait les mains sur son volant. Il ouvrit la portière et posa un pied à l'intérieur de la voiture. Elle soupira, excédée.

— Le pays était tranquille, avant que vous arriviez... lança-t-elle.

Il tendit sa main ouverte. Elle la regarda un peu malgré elle.

— Donnez une petite tape là-dessus et la région retrouvera de longues journées calmes, dit-il.

Elle se renfrogna pour la forme.

— Après ce que vous m'avez fait!...

— Ouvrez votre main comme la mienne, demanda-t-il.

Elle l'ouvrit. Elle avait la main d'une fille charnelle.

— On tape chacun dans la main de chacun, dit-il. Allez, à trois. Un, deux... trois.

Ils tapèrent. Elle rit. Il avait refermé sa main sur les siennes. Ce jeu le rajeunissait. Elle retira lentement sa main, avec une sorte de gêne, parce qu'elle ne riait plus.

— A bientôt, promit-elle.

Elle remit le moteur en marche. Il claqua la

portière. Elle recula pour déborder la voiture de Manu et elle reprit la route en agitant la main au passage. Il sembla à Manu qu'elle démarrait beaucoup plus vite qu'il n'était nécessaire.

Le lendemain matin il alla sur les rochers d'où il avait plongé stupidement pour la sauver. Elle le rejoignit vêtue d'un pantalon « corsaire », noir et d'un tricot rouge. Elle portait un vieux sac à provisions vide.

Elle lui expliqua qu'il s'agissait de le remplir de coquillages. Pas de coquillages rares comme les siens, mais de coquillages courants qui jonchaient le sable et les creux de roche, par endroits.

Elle les donnait à une vieille femme de Fouesnant qui les collait, les perçait, pour fabriquer des bonshommes et des bonnes femmes qu'elle vendait aux touristes.

Muriel parlait tout en ramassant les coquillages de toutes formes. Manu essaya de l'aider et se désintéressa vite de l'opération. Il se contenta de tenir le sac.

Elle l'observait à la dérobée et parlait toujours, fuyant le silence qui s'installerait entre eux. Elle pensait aux gestes qu'il entreprendrait sans doute et elle n'était pas habituée à la curieuse émotion qui s'emparait d'elle à cette pensée. Elle préférait attendre, dans l'espérance de s'y préparer davantage. Elle se sentait faible.

Elle lui raconta que la femme vendait bien ses

poupées et qu'elle pouvait aider sa fille, une déséquilibrée qui menait une vie de patachon.

– Quel âge a-t-elle?

– Vingt-cinq ans, répondit Muriel. On ne la voit que dans les ennuis. Quand ça va mieux elle disparaît. On ne sait pas ce qu'elle fait. Au début elle me parlait. Maintenant elle ne me parle plus.

– Vous lui avez peut-être fauché un garçon...

Elle lui arracha le sac des mains.

– Pourquoi dites-vous ça?...

Manu songea qu'il n'avait pas prononcé dix paroles et qu'elle était déjà en colère. Il lui enleva calmement le sac des mains et le posa sur le sol. Il lui prit le bras à la naissance de l'épaule et ne retrouva plus la teinte vive de ses yeux. Il lui sembla qu'elle allait pleurer. Il l'attira doucement contre lui et l'embrassa. Au contact de la bouche il comprit qu'il l'embrassait davantage pour la réconforter que pour éveiller en elle un désir.

Il la fit asseoir sur le sable sec. Au-dessus d'eux les herbes des dunes frissonnaient, bien que le vent ne se fît pas sentir.

– Vous alliez vous fâcher, alors je vous ai embrassée, dit-il en souriant.

Elle rassembla ses cheveux et se leva, tendant son visage vers le large.

Elle s'amusa à creuser ses reins et à offrir le buste comme une figure de proue.

Elle cherchait à se confronter avec la nature dans

un site familier pour savoir si son corps était semblable au corps d'hier, ou bien s'il suivait le tumulte de son esprit.

Manu demeura assis. Il la contemplait de bas en haut. Il la trouva libre, saine. Il pensa qu'elle appréciait mal cette richesse.

– Si on vous enfermait dans une maison que feriez-vous?

Il se retourna comme s'il allait découvrir la personne qui venait de poser la question et réalisa avec stupeur que c'était lui.

– Je ne sais pas... Mais il n'y a aucune raison pour qu'on m'enferme, répondit-elle.

Il consulta sa montre et annonça brusquement qu'il devait rentrer.

Il déjeuna silencieusement en compagnie de Jeanne et de Roland et, dans l'après-midi, ce dernier le rencontra dans la cave de la maison, assis, les coudes sur les genoux, face au mur derrière lequel reposait le trésor.

– Tu as vu le gosse la dernière fois qu'il est passé à la maison? demanda Roland pour masquer sa surprise et dans une association d'idées entre la fortune et le fils des postiers.

Manu acquiesça. Il pensait que tout était facile pour les uns et difficile pour les autres. Le gossc héritera de la part de Laurent. Il n'aurait qu'à se présenter chez un notaire, signer sous un texte, et la fortune dont Laurent était mort lui sourirait.

A cette même époque la moindre secousse réduirait en poudre les ossements de Laurent.

Manu lança un morceau de bois contre la cachette.

– Un accident de bagnole c'est vite arrivé, dit-il. J'ai plus personne. Ça te restera.

Roland sortit sans répondre et, le soir, Manu chercha vainement le sommeil. Il s'assit sur le lit les pieds nus sur le parquet et lâcha son poignard entre ses pieds. La lame se plantait bien. Il rapprocha ses pieds. Le poignard ne déviait pas d'un millimètre.

Entre les pieds il n'y avait plus que la largeur d'une boîte d'allumettes. Manu visait, à l'aplomb de son nez et attendait quelques secondes avant de lâcher le poignard. Sa main ne tremblait pas.

A deux heures du matin il prit le frais, accoudé au rebord de la fenêtre. L'océan brillait, en traînées longues et inégales. Il écouta la rumeur sourde de l'eau assagie, et pensa à d'autres rivages.

Il sortit son revolver du coffre en bois. Il le déchargea, le démonta, le nettoya méticuleusement et replaça les balles dans le chargeur. Elles se casèrent avec un petit bruit de glissement. Il recommença deux fois l'opération pour le plaisir d'écouter ce bruit.

Roland l'avait prié un jour de ne pas s'occuper de cette histoire de Corse à moins d'en rêver la nuit. Il lui avait dit qu'on ne pouvait ignorer les pensées qui troublaient le sommeil.

La séquestration d'Hélène ne réveillait pas Manu. Elle l'empêchait tout bonnement de fermer l'œil.

Roland descendit à l'aube. Il projetait une partie de pêche. En ouvrant le garage pour prendre des accessoires il se heurta à l'emplacement vide de la 403 rouge.

VII

Le bolide rouge coupa la France en diagonale, jusqu'à Nice. Dès que la visibilité l'autorisait Manu roulait à 150 kilomètres-heure. Le moteur tournait comme une horloge et Manu goûtait l'ivresse de se sentir propulsé par une mécanique sensible à la plus légère sollicitation des leviers de commande.

Sa passion de la voiture était intacte. La tenue du volant et la route qui s'engouffrait entre les roues lui clarifiaient l'esprit, l'exaltaient.

Il prit l'avion de Nice à Bastia et un taxi de Bastia à Calvi. Il préférait louer une voiture à Calvi qu'à Ajaccio. Il se méfiait des accointances dont les ennemis d'Hélène disposaient à Ajaccio. De plus il connaissait un loueur de voitures à Calvi qui n'était pas Corse, qui avait des voitures décapotables et qui leur en avait déjà loué une pour partir à la recherche des vieux bergers dans le désert des Agriates. Manu ne s'imaginait pas dans une conduite intérieure.

Le loueur se souvenait de Manu. Dans ce début d'août il était démuni. En décapotable il ne lui restait qu'une Dyna-Panhard, très basse.

– Vous n'aurez pas d'ennuis avec ça, promit-il.

La 403 grise qu'ils avaient déjà utilisée s'ornait d'une pancarte : LOUÉE. Le commerçant suivit le regard de Manu.

– Ils m'ont téléphoné d'un hôtel. Ils la retiennent pour dix jours.

– Je la prends pour deux mois, plus une prime, plus le droit de vous en servir si je quitte la Corse avant et je paye tout d'avance, dit Manu en sortant une liasse de billets.

– Elle est à vous, dit l'homme convaincu.

Tout s'amorçait bien. Manu ne serait pas dépaysé sur les routes dangereuses de la Corse. Seule la couleur de la voiture changeait. Il rejoignit Ajaccio et stoppa devant la villa silencieuse, confiant dans le pouvoir de l'argent.

Le jardinier ouvrit, immuable. Les deux chiens-loups se profilèrent à l'angle de la maison. Dans l'entrée Manu croisa un homme à la mise négligée qui ressemblait à un débardeur. Il avait un cou de taureau et une barbe de deux jours.

La femme austère apparut et interrogea Manu du regard avec un soupçon d'étonnement. Son cœur se serra. Il craignit de ne pas trouver Hélène, mais la femme leva la tête vers le premier étage. Manu respira.

— Je désire vous parler, dit-il.

Elle pénétra dans le salon du rez-de-chaussée. Il la suivit et ferma la porte. Elle lui fit face, adossée contre la bibliothèque.

— Ce n'est pas pour vous offenser mais je voudrais que vous me présentiez un homme de la maison et pas le jardinier autant que possible, dit-il pour montrer qu'il n'était pas dupe.

— Pourquoi? demanda-t-elle.

Son regard devenait lointain et un peu triste. Il était huit heures du soir. Il ne lui répondit pas.

— Vous ne voulez pas voir d'abord notre amie?

— Je veux voir un homme responsable de cette maison et ensuite je m'en irai.

Elle fit quelques pas dans la pièce, souleva et reposa un petit buste presse-papiers (Napoléon Ier. Dans l'île on ne pouvait échapper à l'Empereur).

— Et vous ne reviendrez plus, car nous n'aurions jamais dû vous recevoir, dit-elle en sortant.

Un homme trapu, brun, les tempes grisonnantes, le menton en galoche, les mains carrées à l'ossature proéminente, entra bientôt. Il laissa la porte ouverte. Ce fut le jardinier qui la referma après en avoir franchi le seuil. Il s'adossa contre la porte à la manière de tous les gardes du corps.

— Qu'est-ce que vous voulez? interrogea le patron d'un ton sec.

— Connaître le prix de la femme qui travaille chez vous. J'achète...

Manu avala sa salive. Le plus grand effort était fourni. Il se prêtait à ce qu'il considérait comme un odieux marchandage pour ne pas trop négliger les conseils de Roland.

– Il n'y a rien à vendre ici, monsieur.

La réplique transporta Manu sur un terrain familier. Le garde du corps ouvrit la porte. Manu était congédié.

– Je le regrette pour tout le monde, dit-il en pointant son automatique vers les deux hommes.

Du canon de l'arme il indiqua qu'il fallait lever les mains et se retourner contre le mur. Il s'avança pour les fouiller. Le petit homme brun n'était pas armé. Le jardinier était porteur d'un colt 11 mm 45. Manu le glissa dans sa ceinture, ferma la porte et recula en entraînant le jardinier.

– Allonge-toi sur le ventre au milieu de la pièce et croise tes mains sur ta nuque, ordonna-t-il.

Le type s'exécuta. Manu revint près de l'autre, lui appliqua le revolver dans les reins, entrebâilla la porte et lui conseilla d'appeler la femme qui était allée le chercher.

Il obéit et ils entendirent son pas. Elle déboucha d'un couloir sur le flanc de l'escalier. Manu ouvrit brusquement la porte et se démasqua, un œil sur le jardinier.

– Approchez, dit-il calmement à la femme qui s'était immobilisée.

Il fit lever le garde du corps, groupa le trio et le

poussa devant lui dans l'escalier. Au premier étage il demanda à la femme, qui ouvrait la marche, de pénétrer dans la chambre d'Hélène.

Il y avait un homme qui achevait de boutonner son pantalon. Il était du même aspect minable que le débardeur croisé par Manu en arrivant.

Hélène était allongée sur le lit, le dos à l'entrée de la chambre. Au bruit de la porte elle ne se retourna pas, s'imaginant que l'homme qu'elle venait de subir disparaissait enfin.

Une grande tendresse circula dans les veines de Manu. Il avait envie de crier :

– C'est fini! C'est le dernier! Tu es libre! La prison était en papier!

Toutes les prisons sont en papier pour les gens aux forces neuves qui viennent de l'extérieur et se ménagent une sortie.

– Doucement, fit le client qui n'avait pas vu Manu, je suis même pas reculotté.

Hélène se retourna et à la vue de la femme et des deux hommes qu'elle ne connaissait que trop, elle sauta du lit en criant. Non! Immédiatement après elle vit Manu le revolver au poing et sa surprise fut si violente que le plafond de la chambre se mit à danser. Elle s'accrocha au montant du lit.

Manu contraignit ses adversaires à se mettre dos à dos, les bras en l'air, serrés les uns contre les autres, formant un îlot dans l'espace dégagé entre le lit et la porte. Il ne voulait pas s'approcher d'Hélène. Toute démonstration entre elle et lui le gênait par avance. Il lui sourit et lui adressa un léger signe de sa main libre.

– On s'en va, dit-il. Habillez-vous vite.

Il la vouvoyait sans s'en rendre compte dans un mouvement de pudeur dicté par une situation trop avantageuse.

Hélène était de l'autre côté du lit entre le lit et la fenêtre. Elle rassembla en hâte quelques vêtements. Elle ne pensait à rien. Elle agissait automatiquement, sans y croire.

Manu dévisageait les gens qu'il tenait sous la menace de son arme. Ils affichaient la plus complète indifférence ce qui l'inquiétait, surtout de la part du type surpris avec Hélène. Venir faire l'amour avec une fille de joie et se retrouver les bras en l'air en face d'un 9 mm et en compagnie de gens qu'il devait connaître, cela méritait un témoignage d'étonnement.

Il n'y aurait qu'un truand chevronné pour demeurer impassible, pensa Manu et, de toute apparence, l'homme était un simple ouvrier. Moins Manu comprenait et plus il se méfiait.

Hélène était prête. Il la pria d'arracher la corde à rideaux et de la lui passer. Il fabriqua un nœud coulant et plaça les gens face au mur, les mains derrière le dos. Il les attacha de telle façon que les mouvements des uns resserrent les liens des autres. Après quoi il les contraignit à s'asseoir.

— Qu'y a-t-il encore dans cette maison? demanda-t-il au petit homme brun.

— Plus personne.

Manu regarda Hélène.

— C'est vrai, dit-elle.

La femme chercha les yeux de l'homme brun. Manu comprit qu'elle voulait parler et qu'elle cherchait à prendre un avis muet. Mais l'autre lui imposa silence par le même langage.

Manu se demanda si l'homme avait dit vrai et si Hélène, en accréditant sa réponse, n'avait pas menti également. Toutes ces impressions défilaient à grande vitesse.

Manu n'en tira qu'une conclusion plus instinctive que réfléchie. Il ne confia pas son arme à Hélène pour garder les gens pendant qu'il s'occuperait des chiens-loups. Il ne contrôlerait plus assez la situation. Elle pouvait ouvrir le feu, les massacrer. Elle pourrait ensuite prétendre n'importe quoi, il ne saurait jamais la vérité et ne pourrait plus sortir de ce pétrin.

De douter d'elle avec cette ampleur le confirma dans la gratuité de son geste. Il était venu la chercher parce qu'elle avait peur et qu'elle avait eu foi en lui au point de lui confier sa peur. Il était sans doute le seul homme depuis des années qu'elle avait cru capable de la secourir. Elle avait parlé et il avait répondu; il ne fallait pas chercher plus loin.

En refermant la porte à clef et en l'entraînant dans l'escalier il pensa que l'aventure touchait à sa fin puisqu'il parvenait au bout du rôle.

Dans l'entrée elle lui saisit nerveusement le bras.

– Les chiens, souffla-t-elle.

Il répondit qu'elle ne devait pas s'inquiéter et songea qu'elle avait peut-être déjà essayé de s'enfuir et que les chiens avaient retroussé leurs babines écarlates sur leurs crocs blancs.

Il glissa son arme dans l'étui d'aisselle, enroula son bras gauche avec une veste qui traînait sur un dossier de chaise et sortit son poignard.

Il abandonna Hélène et franchit la porte principale sur le perron. Il aimait beaucoup les chiens-loups. Il n'avait ni le choix d'une arme à cause du bruit des détonations, ni celui de les épargner. Les chiens grondaient déjà en rasant les murs. Il sauta dans le jardin et s'adossa à un arbre. Les chiens étaient dressés à tuer sans aboyer.

Manu amorça une avancée pour provoquer la détente du premier chien. Il fit un pas de côté et le fendit en dessous, de la gorge au sexe. La bête se creusa, le dos rond et s'abattit avec un bruit flasque dans un écoulement de chair et de sang.

Le deuxième chien s'aplatit contre le sol le museau froncé. Partagé entre la cruauté et la peur il mêlait de jappements ses grondements sourds.

Manu avança. Le chien-loup recula. Le loup

tout court n'eût pas reculé; la différence était là. Manu, courbé en avant, tendait le bras enroulé dans la veste. Il revenait vers le perron conservant l'espoir d'épargner l'animal. Le chien sentit les marches derrière lui et se détendit partiellement, plantant ses crocs dans la veste. Manu éloigna ses jambes en les écartant et tira le chien à lui. Le chien résista, tirant en sens opposé de toute la force de l'arrière-train qu'il dandinait furieusement. Il se maintenait hors d'atteinte du fer. Manu saisit l'arme par la lame, riva ses yeux au défaut de l'épaule du chien et lança le poignard qui pénétra jusqu'à la garde. Le chien tourna curieusement la tête, ouvrit la gueule et tomba foudroyé.

Manu récupéra le poignard, le frotta contre la veste, essuya ses mains de boucher et ouvrit la porte qui libérait définitivement Hélène.

Il la trouva livide. Ses pupilles dilatées errèrent sur les cadavres des grands chiens. Elle se serra contre Manu pour traverser le jardin et gagner la voiture.

Il démarra vite. Il lui sembla que le regard d'Hélène devenait admiratif et il en éprouva de la gêne.

— Ce n'est pas une prouesse, dit-il d'un ton amer. Contre un poignard un chien n'a pas sa chance. Il ne peut que mourir.

Il lui demanda si la maison avait gardé le calme pendant son attente dans le couloir.

Elle avait entendu Pao tomber, dans sa chambre

du fond, en entraînant une chaise suivant l'habitude. Elle n'en parla pas. Elle affirma que tout était resté calme. Elle fuyait ce cauchemar, ce bruit métallique qu'il faisait en tombant. Elle fuyait et ne pourrait jamais en parler à personne. A personne. Elle persuaderait Manu de l'emporter au bout du monde.

Pour avoir risqué sa vie en l'arrachant des mains ennemies, il devait l'aimer. Il était d'abord parti lorsqu'elle avait confié sa peur. Il avait dû essayer de l'oublier. Et il était revenu parce qu'il l'aimait.

Elle pensa qu'elle pourrait l'aimer aussi. Si seulement je pouvais tout oublier, se dit-elle. Elle avait envie de se laver, de maintenir son corps sous une cascade vivante qui poncerait sa peau, qui lui donnerait une nouvelle peau.

Elle entrouvrit les lèvres. La tiédeur du soir emplit ses poumons. Son cœur se dilata. Elle voulait poser sa main sur la jambe de Manu mais elle n'osait pas. Elle ne comprenait pas pourquoi. Elle ne comprenait qu'une chose; malgré tout ce qu'elle avait fait elle avait à nouveau une chance de vivre. Cela lui donna envie de pleurer.

Les coins de ses lèvres tremblèrent un peu, un picotement assaillit ses tempes et elle laissa couler les larmes qui débordèrent de ses yeux ouverts. Manu regarda les traces brillantes qui sillonnaient ses joues. La souffrance muette le bouleversait toujours. Il posa une main sur celle d'Hélène, avec douceur, dans l'espoir qu'elle croirait d'abord à son amitié.

Manu ne se sentait pas en grand danger. Le commerce illicite d'Hélène empêchait les gens de la villa de porter plainte à la police. Quant à la vengeance personnelle que ces gens étaient capables d'exercer, Manu l'attendait avec l'impression d'en avoir neutralisé de plus efficaces.

Il choisit Corte en guise de première étape. Cette petite ville, ancienne capitale de la Corse, enfouie au centre de l'île près du confluent de la Restonica et du Tovignano, couronnée d'une citadelle attentive, avait su se protéger contre les surprises d'une longue guérilla.

Manu la préféra au littoral. Les touristes arrivaient le matin, visitaient l'après-midi et s'en retournaient le soir.

Hélène et Manu s'y fixèrent, louant une maisonnette rue du Palais-National, à côté de l'église et de la place du Poilu, aux pieds de la citadelle.

Des arches faisaient communiquer les rues entre elles. Elles grimpaient en espaliers depuis la ville basse, se réunissant à l'appui de la forteresse qui semblait grouper ainsi les forces montantes de la ville.

La diversité des issues plaisait au couple. Ils les parcoururent sans rien dire. Manu laissa la voiture sur une place du centre, mêlée aux autres voitures des touristes.

Sur l'arrière du petit logement il y avait un jardin. La cuisine s'ouvrait sur ce jardin. On sortait la table pour déjeuner et dîner en plein air avec les yeux sur la montagne.

De la fenêtre de la chambre on voyait aussi la montagne. Elle était aride. Mais à l'ouest, les alpages l'adoucissaient.

Une pièce en longueur dont la table était recouverte d'un velours triste et deux des sièges recouverts d'un linge blanc, comme un linceul, figurait un salon qu'ils n'utilisèrent pas.

L'habitation avait été revue par un Corse vivant sur le continent. Il avait installé une douche rudimentaire pour faciliter la location.

Il n'y avait pas d'eau chaude, d'ailleurs superflue en Corse sous le soleil d'août. Hélène laissait couler longtemps l'eau froide sur sa peau comme elle l'avait souhaité en s'enfuyant dans la voiture de Manu.

Elle s'émerveillait de l'élémentaire, avec une bonne humeur grandissante, comme tous les prisonniers libérés et Manu savait ce que cela comportait. Elle avait seulement poussé le lit contre le mur. Elle ne pouvait plus supporter la vision d'un lit au centre d'une pièce. Trop longtemps le lit n'avait été pour elle que le dégorgeoir des hommes qu'elle accueillait la bouche froide et close et dont elle guettait les tremblements jouisseurs comme le signal d'une délivrance momentanée.

Elle savait que plus l'homme qui se déshabillait était sale, plus sa barbe était rude, moins il était habitué aux femmes et plus vite il tremblait, en grognant sa satisfaction. Elle les haïssait moins que les lents.

Elle n'avait pu rejoindre la science des prostituées qui consiste à être adroite, non pour que le client s'attache à elle, mais simplement pour qu'il jouisse plus vite et franchisse la porte.

Hélène y avait pensé mais n'avait pu se départir de ses lèvres serrées et des bras qu'elle laissait le long de son corps. L'effort qu'elle avait accompli envers Manu venait de l'attitude qu'il avait adoptée le jour du premier contact. Elle avait senti qu'il était davantage qu'un passant et elle n'avait pas laissé ses bras le long de son corps et ses lèvres s'étaient entrouvertes. Manu se souvenait même d'une certaine avidité.

Il y avait trois jours qu'ils vivaient à Corte et il n'avait rien réclamé d'elle. Ils se couchaient dans le même lit profond, nus sous un simple drap. Il passait son bras derrière sa nuque et elle rapprochait sa tête de son épaule.

Il souffrait du complexe de la reconnaissance. Il rayait de son esprit l'ardeur physique dont elle l'avait entouré dans sa prison. Elle avait trop besoin d'aide, alors, pour qu'il puisse croire dans son désintéressement.

Aujourd'hui, il refusait l'amour-reconnaissant. Il était paisible. Il dormait sans calcul, le front lisse, heureux des réveils. Il ouvrait toujours les yeux le premier. Il regardait sa chevelure et l'ombre de ses cils sur le haut d'un visage émouvant qui butait encore contre la vie. Il ne faisait aucun geste pour ne pas l'enchaîner à nouveau. Il voulait qu'elle le considère comme l'homme que toute femme rencontre un jour dans une vie normale.

Quel âge avait-elle? Trente ans, peut-être trente-cinq... Il s'en souciait peu. Lui qui avait l'habitude d'attacher une grande importance à l'âge des femmes il fut surpris de sentir à quel point l'âge d'Hélène lui était indifférent. C'était la revision brutale de sa théorie sur l'âge d'un couple, de ce fameux écart de dix ans qu'il estimait le seul valable; pour durer. A trente ans elle en a vingt. Elle a trente ans, il en a quarante. A cinquante ans un homme est vert et à quarante la femme a une plénitude attachante, un peu lasse. La partie est gagnée...

Il regarda Hélène. Elle remua dans son sommeil et changea de profil. Son nez était un peu busqué, à peine, à son extrémité, ce qui ajoutait à la vérité de son visage. Ce n'était pas une femme menue et pourtant il s'attacha à la fragilité de son épaule.

Elle était perdue, pensa-t-il. Elle ne pouvait rien faire toute seule. Qu'allaient-ils devenir tous les deux?

Elle ne lui parlait jamais de la villa. Elle ne lui parlait jamais non plus de l'avenir. Elle ne lui demandait pas son nom. Elle savait bien que « Manu » n'était pas un état-civil complet. Elle ne lui demandait pas ce qu'il faisait dans la vie en dehors de brandir un automatique et de se battre au poignard.

Et lui ne parlait pas. En se racontant, il ne voulait pas la placer dans une fausse position secrète. Il sentait bien qu'elle ne lui posait aucune question, lui sachant gré par avance d'adopter la même politique.

Manu comptait le temps à l'aide des nuits. Il pensait confusément que le possible ou l'impossible viendrait de la nuit. Sans doute à cause des nuits souillées qu'Hélène remorquait derrière elle. L'amarre se romprait et ces nuits-là reculeraient, emportées par le courant.

La quatrième nuit Hélène ne trouvait pas le sommeil. Elle pensait que la chaleur plus intense de la journée s'infiltrait dans la nuit. L'air pesait sur la bouche.

Elle sombra brusquement et s'éveilla dans un sursaut du buste. Elle n'aurait su dire si elle avait dormi une seconde ou des heures entières.

Manu ouvrit les yeux. Elle avait la tête plus basse que la sienne. Elle le regarda et il ne voyait que ses yeux dans toute la pièce. Cela venait peut-être de la position de sa tête.

Il passa une main sur les yeux d'Hélène, dans une caresse, pour qu'elle abaisse ses paupières et se rendorme.

Mais elle écarta sa main et son regard s'imposa. Il appuya ses yeux sur les siens pour l'aider à s'exprimer. Il s'imagina que le regard d'Hélène brillait moins, perdait de son angoisse alors qu'ils s'habituaient à l'obscurité et que les objets et les meubles se dessinaient petit à petit.

– Tu sais, dit-elle très lentement, j'ai oublié là-bas la pièce que tu m'avais donnée.

Il ne reconnaissait plus la grande voix grave du jour. Elle parlait distinctement mais ce n'était qu'un souffle et ses lèvres faisaient un bruit humide, imperceptible.

– Ça n'a aucune importance.

Il s'écoula un grand temps. Il détourna la tête pour regarder la masse bleue de la montagne. La fenêtre ne découvrait pas le ciel et il aurait voulu voir les étoiles.

– C'était de l'or?

Elle le regardait toujours et elle le vit sourire.

Il était tellement heureux de l'entendre parler de l'or comme une fille normale.

– Bien sûr. Mais ne t'en fais pas, tu sais. J'en ai d'autres...

Elle ferma les yeux. Ceci n'était rien. Elle avait une boule dans la gorge. Sous ses paupières closes la nuit n'était pas totale; des points lumineux zigzaguaient, rayaient son cerveau et disparaissaient comme s'ils s'étaient pulvérisés en explosant. Quand elle avait commencé à parler, Manu était tellement certain que cette nuit serait celle de leur vérité, qu'il supporta mal le silence.

– Nous sommes amis, murmura-t-il.

– Mais je suis si lâche, dit-elle rapidement. Tu ne t'en doutes pas mais je suis affreusement lâche...

Elle se sentait mieux et elle éprouva le besoin d'appuyer sa hanche contre Manu dont l'émotion grandissait.

– Mon père était lâche, ma mère était lâche et j'ai vécu de lâcheté en lâcheté toute ma vie... J'aurais dû me tuer. J'y ai pensé. Mais je n'avais aucun courage, alors j'ai vécu. Si on peut appeler ça vivre... Quand tu me regardes sans rien dire je sais à quoi tu penses. Tu penses que j'aurais dû essayer de m'enfuir ou de me tuer, ou de tuer quelqu'un de cette maison pour qu'ils en finissent (elle recommençait à parler dans un souffle). Voilà ce que tu penses. Mais la lâcheté c'est de famille. Tu as une famille, toi?

– J'en avais une.

– Et... comment était-elle?

Il ne répondit pas. Il était issu de parents corses et comme il ne se sentait pas « très corse » et qu'il avait grandi sur le continent, il ne disait pas qu'il était corse d'origine.

Il ne parlait pas le patois. Il n'était pas victime de son entourage et il ne se serait jamais cru obligé de venger un frère s'il avait jugé que les torts étaient du côté de ce frère ou bien que ses sentiments envers ce frère n'étaient pas assez puissants.

Mais il conservait le souvenir d'une mère et d'un père courageux. Il ne répondit pas à la question d'Hélène pour ne pas l'accabler davantage en l'isolant dans une lâcheté à laquelle elle pensait trop et dont il projetait déjà de la débarrasser.

– Tu vois bien... murmura-t-elle, en interprétant son silence. Tes parents devaient être courageux (elle savait qu'il fuyait la louange et ajouta un peu timidement)... comme toi.

La vibration légère et têtue d'un moustique tournoya dans la chambre et ce petit chant cessa, aspiré soudainement par la nuit extérieure. Dans ce climat plus sain de montagne ils ne souffraient pas des moustiques. Dans le silence, Manu organisait ses idées sur la confession d'Hélène.

– Un lâche, à un certain moment, il ne sait plus ce qu'il fait, dit-elle encore.

Les derniers mots inquiétèrent Manu. Ils posaient sans doute le problème intégral.

– Qu'est-ce que tu as fait de pire dans ta vie? demanda-t-il d'une voix neutre et assez haute, fuyant volontairement le ton du confesseur.

Elle songea à Pao. Cette pensée l'entraînait dans une chute vertigineuse entre deux parois lisses et elle hurlait dans l'attente de l'écrasement final. La chute durait longtemps. Le corps passait par toutes les positions; la tête en bas, en travers, à plat sur le dos, à plat sur le ventre, les bras toujours tendus pour protéger de l'écrasement. Elle oublia Pao et elle émergea du gouffre.

– Ce que j'ai fait de pire... murmura-t-elle, je te l'ai dit... c'est ce que j'ai accepté de faire dans cette villa.

– Tu l'oublieras, affirma-t-il. Et c'est ce petit brun que j'ai vu qui t'a amenée là?

– Non... non. Les autres tu ne les connais pas. Après la guerre j'étais seule. Toute jeune. Cela leur fut facile.

Manu serra les dents. Il avait côtoyé des souteneurs. Il n'aimait pas leur forme de vie, mais il se souvenait de la réussite facile de leurs méthodes : la crainte et une comédie de tous instants. La femme devait se donner juste une fois à un créancier pour régler une dette de jeu. C'était le premier pas. Ensuite, si elle ne voulait pas continuer on la changeait d'air. Si Manu en jugeait par la discrétion de la villa d'Ajaccio le commerce était durable.

— Je ne les connais pas et j'espère pour eux qu'ils ne me tomberont pas sous la main, dit-il.

La vantardise lui était étrangère mais, en cette minute, il eût fait un carnage. Elle avait parlé. Elle était heureuse d'avoir parlé autant. Elle avait encore trébuché sur Pao. Si elle n'en parlait pas à Manu elle n'en parlerait à personne sur cette terre. Même à Manu, malgré ce qu'il avait risqué et risquerait encore pour elle, elle ne trouvait pas la force d'en parler.

Ils changèrent de position et leurs corps se joignirent dans un contact qui courut sur leur peau. Pour n'en rien perdre ils se rivèrent l'un à l'autre par les bras et les jambes.

Ils s'aimèrent en silence. Chacun désirant que l'acte devienne beau pour l'autre, ils essayèrent d'élever leur vertige physique à la hauteur du cœur.

VIII

Ce secteur de la Corse était celui des carrières de marbre. Ils en découvrirent une, abandonnée, croulante, que l'on cernait et longeait dans sa partie surplombante en gravissant une trace escarpée. On risquait ainsi une chute d'une vingtaine de mètres.

La première fois Manu la contourna sans s'approcher du bord. Au retour il rétrécit le cercle. Progressivement, tenant Hélène par la main, il l'amena à courir le risque de la chute.

Elle le suivait avec angoisse. Mais à la fin de la journée à force de passer et de repasser au même endroit, elle reconnaissait les pierres et son échine ne se couvrait plus de sueur froide lorsqu'elle aventurait son pied, chaussé d'espadrilles en corde, sur la pointe extrême de la corniche.

Le sol supportait leur poids. Hélène ne pouvait encore regarder à ses pieds, au creux de la carrière. Elle se tenait droite au-dessus du surplomb et regardait en face d'elle, à longue distance. Manu s'assit tranquillement sur le bord, les jambes pendantes dans le vide. Il lui avait lâché la main et elle préféra s'asseoir à ses côtés que de rester debout sans appui.

Il la prit par la taille et l'embrassa sur la bouche. Elle lui enferma la tête de ses mains pour prolonger le baiser. Leurs jambes se touchèrent. Elle oublia qu'elles pendaient dans le vide.

Il se remit debout et l'aida à en faire autant. Il plongea ses yeux calmes et souriants dans les siens. Il reçut une réponse tendre, un peu grave. Elle ne baissait jamais les yeux, mais ils se teintaient à la longue d'une sorte d'inquiétude.

Il ne voulut pas l'entraîner jusque-là et regarda le sol de la carrière, six étages plus bas. Elle suivit ce regard et l'à pic ne la troubla plus. Elle se sentait le corps libre sous la toile de ses vêtements. La toile neuve et simple respirait les vacances. Auprès de cet homme qui parlait peu tout se simplifiait. Elle avait l'impression d'agir et surtout de vaincre quelque chose.

Dans la campagne environnante, leur solitude plaisait à Hélène. Elle ne désirait quitter la maison que pour ces promenades et ne comprenait pas pourquoi Manu lui demandait de l'accompagner dans ses moindres déplacements au sein de la ville.

Les hommes se retournaient sur son passage. Elle en éprouvait un choc, chaque fois.

Huit jours auparavant elle se prostituait encore.

Elle s'imaginait que cela se voyait, se verrait toujours. Elle ne se rappelait plus les visages et se demandait si ceux qui la regardaient ne l'avaient pas possédée dans la villa, sur l'énorme lit.

– Il faudra bientôt changer les ressorts du sommier, disait la sœur de Pao, cette fille intraitable qui vivait dans l'ombre de son frère.

Hélène suivait Manu dans la petite ville. Persuadée qu'il ne soupçonnait pas sa souffrance elle ne voulait pas lui en parler.

– Les hommes te regardent parce que tu es belle, lui dit-il brusquement, et il ajouta : C'est bien normal.

Il avait raison. Elle rayonnait de plénitude. Elle avait un physique important. Un physique à effet, sans être clinquant. Sur elle les vêtements les plus simples, comme ils en achetaient dans l'unique magasin possible de Corte, changeaient d'apparence.

– On va visiter la forteresse, décida Manu.

– Mais... c'est défendu.

Ils pénétrèrent, encadrés de touristes, dans la première cour, comprise entre un bâtiment très long, des portes et un mur face au bâtiment.

Sur ce mur, d'autres murs en retrait et des chemins de ronde superposés jusqu'au ciel et envahis de ronces et de mauvaises plantes.

La visite se faisait depuis la cour, avec les yeux. On lisait sur des pancartes que la forteresse était en réparation et que le triste état de certaines murailles rendait la visite dangereuse. Mais on ne voyait pas de matériaux ni d'ouvriers en activité. Ce n'était qu'un projet.

Les touristes soupiraient et s'en allaient. Quelques militaires, cantonnés dans le bâtiment, bâillaient dans la cour.

Manu s'approcha d'une lourde porte rectangulaire inscrite dans l'épaisseur d'une ouverture ogivale. Un corps pouvait se glisser entre le haut de la porte et l'arrondi de l'ogive.

Ils se trouvaient dans un angle. On ne les apercevait que du bâtiment ou du centre de la cour, mais pas du porche de l'entrée.

Des touristes déchiffraient une plaque sur le mur de la caserne; des dates et le nom d'un général. Ils tournaient le dos à Hélène et Manu. Ce dernier sauta, agrippa le faîte de la porte, se rétablit sur les poignets et s'assit à califourchon, le buste penché vers Hélène.

— Allez... souffla-t-il en lui tendant la main.

Elle leva son bras, sans trop réfléchir. Il la saisit au poignet et la hissa auprès de lui d'une traction continue et puissante. Il sauta de l'autre côté et la tira par les pieds.

Par rapport à la cour ensoleillée, le lieu lui sembla sombre. Elle se laissa tomber à l'aveuglette. Il la reçut dans ses bras. Ils étaient à l'abri de l'autre côté de la porte.

— Tu as vu... dit-il en riant.

Elle trouvait ça inutile et merveilleux. Le jour filtrait d'en haut. Ils gravirent les marches d'un escalier, tracé en ligne droite, débouchant sur une terrasse blanche de soleil.

Il leur fallait parvenir au sommet de la citadelle sans que les gens puissent les distinguer d'en bas. Et les gens s'acharnaient à contempler le bâtiment juché au sommet.

Se plaquant contre les murs, coupant les espaces libres d'un bond, passant une tête prudente derrière les angles, Manu et Hélène progressaient comme des évadés.

Ils suivaient un labyrinthe formé de courettes, d'escaliers, butant sur des culs-de-sac. Ils revenaient en arrière et traversaient des bâtiments vides au plancher fléchissant.

Ce fut enfin une cour intérieure étroite et close comme un puits. Six portes s'ouvraient sur sa longueur. Les portes de six cellules. Elles étaient ouvertes.

Ainsi, ce sommet n'était qu'une prison. Nid d'aigle sur son granit. Des Génois et des Corses y avaient croupi tour à tour n'ayant dû en sortir que morts ou pour l'abattoir.

Manu regarda les portes intérieurement doublées de fer. Il manœuvra lentement un énorme verrou rouillé.

Hélène, immobile, attendait à l'entrée de la

cour. Et puis elle leva la tête vers le ciel. Il était haut et très bleu.

Manu traîna son regard sur le système d'aération des cellules. Un orifice haché de barreaux, au-dessus de la porte et, derrière les barreaux, une plaque de fer scellée dans le mur, percée de quelques trous gros comme une pièce de cent francs.

Les vaincus de toutes les époques s'étaient tordus de douleur. Il ne fallait pas grossir les rangs des vaincus. Il se rapprocha d'Hélène et mêla ses doigts aux siens.

Cette prison particulière, puisqu'elle était à la fois proche du ciel et de la tombe, ne lui procurait pas le malaise dont il souffrait avant de libérer Hélène. Il pensa qu'il ne serait pas venu jusque-là s'il avait su que la conclusion de la citadelle n'était qu'une prison sordide.

Mais il était heureux d'être venu. Il jugeait ainsi à quel point Hélène était nécessaire à sa vie. Il ne lui promettait jamais rien. Il ne lui confiait pas qu'il espérait en faire une femme courageuse. Il accentua la pression de ses doigts, et, en cette seconde, ça voulait dire la même chose.

Quand l'aube diffusa la clameur de sa lumière par-dessus la montagne, il se leva, s'habilla en silence, fixa sous sa veste son étui d'aisselle alourdi par l'automatique, et griffonna : « Je reviens ce soir. Je n'ai pas voulu te réveiller. Surtout ne t'inquiète pas. »

Il réfléchit et raya « surtout ne t'inquiète pas ». Il réfléchit encore, roula la feuille en boule et se remit à écrire : « A ce soir et tâche de profiter du soleil. Je pense bien à toi. Manu. » Il laissa le mot en évidence, rejoignit sa voiture et roula vers Ajaccio.

Cette route était la plus belle route de la Corse. La plus large, la mieux entretenue. Mais l'extraordinaire beauté des gorges, des forêts et des cols retenait le regard, freinant une vitesse déjà restreinte par des lacets sans visibilité.

Hélène avait trop besoin de lui et il mit plus de deux heures pour franchir les quatre-vingt-trois kilomètres.

Le cours Napoléon ne grouillait plus de jeunes gens et de jeunes filles comme au mois de juillet. Les vacances scolaires les avaient éparpillés. Ajaccio, comme le reste, était livrée aux touristes bronzés, le Kodak en bandoulière.

Manu s'installa à la terrasse du « petit bar » mitoyen du luxueux cinéma l'Empire, orgueil de la ville. Il entendait encore le cri d'Auguste, début juillet.

– Hé! Manu!

Tout avait commencé avec ce cri. Manu vida son verre et se leva. Auguste et ses amis corses arriveraient plus tard. Il les rejoindrait directement à la plage, sous l'eucalyptus de Galinetti.

Il remonta le cours Napoléon, le dos à la mer, regardant les vitrines pour acheter des choses à Hélène. Il pénétra dans un magasin.

– Comment est-elle cette dame? s'informa la vendeuse.

Manu demeura perplexe. Il n'avait pas pensé à ça. Au fait, comment était-elle? Il la revoyait debout près de lui. Il posait le menton sur sa tête.

– Sa tête arrive là, et son épaule là, dit-il en touchant son cou et le haut de son bras.

Les mesures d'Hélène étaient inscrites sur son corps. La vendeuse pensa qu'entre cet homme et cette femme les proportions étaient bonnes. Elle avait épousé un homme plus petit qu'elle et ce n'était pas son mari qui lui achèterait des vêtements en cachette. Elle soupira et sourit à Manu en lui tendant les cartons.

Sur le trottoir Manu hésitait sur la direction à prendre lorsqu'il aperçut le petit homme brun qu'il avait ficelé dans la villa, celui-là même qui s'était offusqué « dans cette maison il n'y a rien à vendre, monsieur ».

Il était sur le pas de la porte d'un beau magasin de vente de T.S.F., téléviseurs, tourne-disques et autres multiples appareils d'éclairage électrique. La chaussée le séparait de Manu et des voitures circulaient en nombre respectable.

Manu se déplaça vivement dans le sens inverse et s'arrêta pour l'examiner à loisir.

Il demeurait sur le seuil du magasin, avec désinvolture. Il attendait peut-être le propriétaire du magasin, en ami. Ou, en client, attendait-il qu'on lui prépare ce qu'il venait d'acheter? Ou encore, ce magasin lui appartenait-il?

Cinq minutes plus tard il disparaissait à l'intérieur. Manu patienta. L'homme ne revenait pas. Manu pénétra chez un coiffeur, une trentaine de mètres plus loin.

Il réclama un simple dégagement autour des oreilles. On lui désigna un fauteuil et, peu après, il demandait au coiffeur « s'il était d'ici? ».

— Je pense bien que je suis d'ici! s'exclama-t-il.

— Je cherche un ami de ma sœur qui vend des T.S.F. et des télévisions. Un homme de petite taille, très brun.

— Vous voulez parler de Joseph Paoli. Je pense bien que je le connais! Même que je ne connais que lui. Il a le plus beau magasin d'Ajaccio. C'est pas loin, c'est juste à côté. Si vous voulez je vous l'envoie chercher?

— Non merci, je préfère lui réserver la surprise.

— Comme vous voudrez. Sinon, vous savez c'est facile.

— Non merci, répéta Manu qui s'impatientait.

Le coiffeur tourbillonna encore un peu autour de lui.

– Avec moi il ne faut pas vous gêner. J'envoie le gosse à son magasin et en deux secondes il est là notre ami!

Manu se renversa en arrière pour regarder le coiffeur dans les yeux.

– Bon, bon, fit l'autre. Je n'insiste pas. Ce que j'en disais, vous savez, c'était pour vous arranger...

Ce flot de paroles crispa la main de Manu. Il avait envie de frapper sur quelque chose. La situation de Joseph Paoli, paisible commerçant d'Ajaccio, le déroutait.

Pour s'éloigner de ce quartier il emprunta une rue parallèle au cours Napoléon. Cette rue, cependant toute proche de l'artère principale, était pauvre et sale. Des femmes en noir bavardaient sur le pas des portes. Qu'ont-elles donc à s'habiller en noir? se demanda-t-il avec irritation. Elles parlaient d'un ton animé, en patois. Elles donnaient l'impression, sans doute fausse, de se plaindre. Il pensa qu'elles regrettaient d'avoir dû se plier, à l'époque de leur jeunesse, à une sorte d'esclavage organisé par le despotisme du Corse puisque ce despotisme n'asservissait plus les jeunes femelles.

Manu les jugea disposées à cracher sur le passage des jeunes hommes qui toléraient le regard arrogant et le déhanchement des filles d'aujourd'hui.

Il pensa à ce clan des Paoli en essayant de le situer au centre de la mentalité corse. Les récits de son père sur l' « esprit corse » ne signifiaient plus rien. L'île subissait le masque de l'époque. Les Paoli étaient-ils des truands? Et depuis quand les honnêtes gens encaissaient-ils les gains d'une prostituée?

Il posa ses paquets sur une large rambarde de pierre, face à la mer. Il y avait une rangée de palmiers bordant une avenue, en contrebas, et puis la mer calme, bleue, gentille, associée au syndicat d'initiative.

Il se retourna et s'adossa au parapet. Il enveloppa du regard l'immense place sur laquelle les avenues principales d'Ajaccio débouchaient, au loin. Il regarda l'Empereur à cheval entouré de ses frères, Joseph, Lucien, Louis et Jérôme. L'Empereur était à cheval, régnant sur la Corse et sans doute inscrit à jamais dans la mémoire des hommes jusqu'à la fin des temps, et ses frères étaient à pied, jaloux mais très heureux quand même d'être là.

Sur la droite, des enfants rôdaient autour d'un chapiteau de cirque. Mais le cirque gardait son secret, sa magie du soir. Personne ne voyait en coulisse les paillettes ternies, les pots graisseux des maquillages du clown, les lumières éteintes. Le nom du cirque MORÉNO, achevait sa mystification à l'ombre du grand MÉDRANO.

Un lion rugit. Les enfants ne le voyaient pas mais ils s'écartèrent. Manu se souvint des rugissements des fauves libres. Le lion rugit à nouveau; ce n'était même pas un cri de révolte. Ce n'était qu'une supplique pour obtenir la ration de viande. Ce soir il la paierait en se vautrant, sous les claquements de fouet, aux pieds de celui qui le nourrissait.

Manu rassembla ses paquets et traversa la grande place. Il se disait qu'Hélène était presque libre. Il ne voulait pas quitter la Corse avant d'en finir avec Joseph Paoli qu'il croyait être le responsable, et qui lui indiquerait « les autres » dont Hélène parlait avec terreur. Il s'installa au volant de la 403 grise et prit la route des îles Sanguinaires.

A peine débarrassés de leurs liens le Paoli et ses amis avaient dû se précipiter vers le seul homme susceptible de donner des renseignements sur Manu. Et cet homme n'était autre qu'Auguste, terré en Corse dans l'espérance de s'y protéger contre les soucis.

La petite plage avait perdu son air familier. Tous les pédalos bleu et blanc voguaient, surchargés. Des groupes s'amusaient en criant, dans l'eau. Le soleil dorait les ventres et les torses aplatis contre le sable.

Près du bar les quatre tables rondes supportaient des boissons de toutes les couleurs. Auguste, Toussaint, Galinetti, le fils de Toussaint, se tenaient à l'écart, sur un prolongement de la petite terrasse, sauvegardant l'intimité d'un groupe qui ne s'étonna pas outre mesure de l'arrivée de Manu.

Ce dernier serra les mains à la ronde, et découvrit Tino Rossi. Il était installé le dos aux clients, face à la mer et à la petite crique de sa propriété. Il sourit gentiment à Manu.

— Tu arrives bien, dit Auguste. Figure-toi qu'on est tous invités l'an prochain chez Tino. (Il désigna Galinetti.) C'est Monsieur qui lance les invitations...

— Ils veulent me forcer à construire une maison à côté d'un cimetière! s'exclama Galinetti.

— N'induis pas le pauvre arrivant en erreur, dit Toussaint. Ce terrain à côté du cimetière, c'est pas nous qui l'avons inventé, c'est bien le tien, oui?...

Rien n'était changé. Ils vivaient toujours au même rythme, celui de la chaise longue et d'un volontaire enfantillage.

Manu comprenait qu'ils ne savaient rien, que le clan des Paoli n'avait pas signalé l'enlèvement d'Hélène.

Il eut la tentation d'avertir Auguste et il se ravisa. Il était certain que les Paoli ne parleraient pas et chercheraient à régler la question directement. Sinon ils auraient déjà contacté au moins Auguste qui avait introduit Manu dans la villa et il était visible que ce dernier ignorait tout.

Il pensa à Hélène, avec force. Il fallait qu'elle puisse rire, elle aussi, l'avenir déblayé. Et quel serait le prix du nettoyage? Il se demanda sincèrement combien il était disposé à débourser. Les autres ne voulaient pas de son or. Il ne restait donc qua la monnaie de la chanson des balles. En clouant le cercueil de Laurent il avait cru que cette chanson veillerait le mort, ne jaillirait plus de la boîte, qu'un aventurier riche et vivant en avait terminé avec cette chanson.

Le groupe se dispersa. Manu s'était éloigné, insensiblement. Il regarda la silhouette de Tino Rossi s'éloigner lentement. Il n'était pas loin de la petite porte qui le mènerait chez lui. Il ne marchait ni comme un vacancier ni comme un homme fatigué. Son pas était le pas d'un homme qui possède un toit dans un site idéal et qui rentre sous ce toit.

« Ceux qui savent où aller devraient tous marcher du même pas », pensa Manu. Il réfléchit et ne voulut pas partir sans saluer Galinetti. Il se rapprocha du petit bâtiment (débarras-cuisine) et chercha une issue, sur le côté. Il se disposait à pousser la porte lorsqu'il entendit la voix de Toussaint, anormalement grave et sérieuse.

— Fais-moi plaisir. Ne t'occupe pas de cette histoire. Tu vas te mettre tous les grecs sur le dos et tu n'en sortiras plus.

— J'ai plus rien à perdre, faudrait pas l'oublier... répondit Galinetti sur un ton qui n'était plus celui de la rigolade entre amis.

Manu se recula très vite et se rapprocha du bord de la crique. Une tour en bois aidait les sportifs à prendre le départ chaussés de skis nautiques. L'eau se creusait : le skieur tombait désarticulé, ou bien tenait, cambré en arrière.

Les mains dans les poches, Manu regardait la vieille barque de Galinetti. Du matériel de pêche, en désordre, jonchait le fond. Il y avait aussi des bidons d'essence.

– Le cotre est à Ajaccio. Ici il serait mal, il touche et ça le fait pencher. Un jour on ira passer un cap tous les deux, dit Galinetti.

Il était arrivé sans bruit. Les poils blancs de sa poitrine contrastaient avec son visage d'enfant. « Il n'arrive pas à vieillir, voilà pourquoi il est seul », pensa Manu. Il se demanda si cela était une malédiction ou une offrande des dieux de ne pas arriver à vieillir, de ne permettre qu'à son corps de traverser la vie en laissant le cœur et les pensées suspendues à la borne de vingt ans.

– Ils te font tous marcher, dit Manu en souriant.

– Hé! Qu'est-ce que tu veux, ce sont des amis, alorsse on peut rien leur faire.

Manu pensa que vis-à-vis des Grecs dont Toussaint venait de parler, ce ne serait pas le même tabac.

Galinetti regardait la pointe avancée des rochers, la crique, la barque, et Manu comprit combien le but à atteindre était simple dès que ce but était évident.

Il n'osa pas lui parler de cette histoire avec les Grecs. Il supposait que Galinetti défendait les intérêts d'un ami. Il lui souhaita bonne chance, intérieurement. La même chance dont il aurait besoin pour sauver Hélène et donner à leur amour l'oxygène de l'épanouissement et de la longévité.

– A bientôt, homme libre! dit Manu en tendant la main et en élevant la voix.

– Homme libre toi aussi, répondit-il en découvrant l'or de ses dents.

Toussaint faisait la sieste. Son fils nageait avec Auguste. Manu longea le bar et les premières cabines, croisant en sortant des femmes et des hommes qui entraient.

La fraîcheur de l'eau ne l'attirait pas. Il s'installa sur le siège brûlant de sa voiture. Les cadeaux pour Hélène étaient à l'arrière. Il les empila sur le siège avant. Le vide de ce siège le gênait. Il ressentait un manque, comme la découverte d'une amputation.

Il n'y voyait plus clair. Il décida d'attendre que les ennemis d'Hélène se manifestent. A ce moment-là il pourrait prendre leur mesure. « Et s'ils ne bougent pas j'irai les trouver pour en finir », se dit-il.

IX

Hélène avait décoré le petit logement de plantes sauvages. Elle avait préparé un repas froid pour le soir, à base de poissons, le plat favori de Manu. Dès qu'il aperçut Hélène, il se sentit bien.

Elle l'entoura de ses bras et pressa son ventre contre lui, sans rien dire. Il l'embrassa doucement. Sur la route il avait préparé une foule de mots gentils. Il n'en prononça aucun mais elle sentait qu'il était heureux.

Très tard dans la soirée elle se souvint qu'il avait déposé des paquets dans la première pièce. Les vêtements lui allaient bien. Elle les trouva de bon goût. De cette pièce, les étoffes dépliées autour d'elle, elle voyait Manu, de dos : il devait regarder le combat que le jour vieilli et la nuit naissante se livraient, depuis le fond des ravins, pour la possession des cimes.

Elle ne pouvait pas s'approcher de lui et s'attendrir davantage pour le remercier des cadeaux.

Elle ne pouvait pas céder à cet élan de toute femme normale. Il avait trop fait pour elle. Elle devait s'aligner à la hauteur des actes de Manu. Elle ne pouvait pas le remercier pour des vêtements. De quels mots disposerait-elle ensuite pour le reste?

Elle plia maladroitement les étoffes et la silhouette de Manu lui sembla à la fois puissante et fragile. Elle retenait sa respiration pour ne pas troubler le silence. Elle appuya son visage contre ses mains ouvertes. Elle se sentait brusquement insuffisante. Elle frissonna dans l'air tiède à la pensée du mal que les autres pourraient faire à Manu. Elle ne pensait plus à elle et, dans cet oubli, elle comprit qu'elle aimait.

Elle choisit le calme qui succède à l'apaisement du désir pour le lui dire. Elle ne voulait pas garder ce sentiment pour elle. Il lui sembla qu'elle le lui devait. Dans la pleine sincérité de son cœur elle murmura le vieux mot. Elle ne possédait ni or ni courage. Mais elle ne trichait pas. Elle l'aimait. Elle ne connaissait pas, en cette seconde, l'inquiétude des autres femmes.

Manu l'aimait-il? Elle n'attendait même pas sa réponse. Son cœur était rempli d'amour pour lui, elle le lui disait en s'efforçant de ne rien espérer. Elle n'avait pas l'impression de lui apporter l'idéal ou le bonheur ou une formule mitoyenne. Simplement elle ne s'était jamais sentie meilleure que ce soir, et elle le lui offrait comme un dû.

– Je t'aime...; elle ne le dit qu'une fois alors que le mot achevait de résonner en tam-tam au fond de sa poitrine, des milliers de fois.

Le mot dilata une seconde le cœur de Manu et le battement normal reprit ses droits. Allongé sur le dos il enserra l'épaule d'Hélène et posa une main sur son sein. Sa main devenait le moule exact du sein. Ses doigts ne cherchaient pas à caresser. La main était figée. Par cette main il avait l'impression de porter Hélène, tandis que ce contact la prenait toute.

Il l'aimait. Le mot lui sembla faible et il ne put le formuler dans toute sa sobriété. Tourmenté par son propre silence il assembla d'autres mots qui firent un peu trembler sa voix.

– Je te jure que bientôt tu n'auras plus rien à craindre de personne... dit-il.

Les mots tombèrent autour de lui, en petits morceaux ridicules alors qu'il s'attendait à une belle phrase compacte.

Il regretta de ne pas avoir dit simplement qu'il l'aimait. Il regretta surtout de ne pas le lui avoir dit le premier. Maintenant qu'il avait prononcé cette phrase idiote il s'enfonça dans le silence. Il ne pouvait que serrer davantage Hélène contre lui. Ce qu'il fit, en glissant son bras autour de ses hanches nues. La parole le désespérait. Pour exister vraiment il avait besoin d'actes.

Tout près de chez eux, l'homme attendait, adossé au mur de l'église, le chien-loup couché à ses pieds. Il s'avança dès qu'il vit sortir le couple. Il tenait son chien à l'aide d'une corde. Le chien tirait sur cette corde, à s'en étrangler, les jarrets fléchis.

– Vous voulez pas acheter un chien, monsieur? demanda-t-il poliment à Manu.

Hélène se serra contre Manu qui regardait le type dans les yeux. Il avait vingt-cinq ans, le visage de Bonaparte. Il portait une chemise de toile, un pantalon de velours et des espadrilles. Manu nota la largeur des épaules et la flamme dans le regard.

– Non merci, répondit Manu.

Hélène regardait les pavés inégaux du sol.

– Vous n'aimez pas les chiens? lança le type.

– Si.

– C'est un très beau chien, vous savez. Un pur race.

– Vous n'aurez pas de mal à le vendre ailleurs.

– C'est drôle, mais personne ne veut l'acheter dans le pays. Alors j'ai pensé aux continentaux. Vous êtes en vacances vous?

– Oui, dit Manu. Et je ne veux pas acheter de chien.

Le chien était assis sur son train-arrière, contre

la jambe de son maître. Il était jeune et déjà très fort. C'était un berger d'Alsace.

– Regardez monsieur, fit le type en soulevant une patte de devant du chien. Regardez ça, si vous vous y connaissez en chiens.

Manu vit l'ergot spécial, signe de parenté avec le loup.

– Vous n'aurez pas de mal à le vendre à un autre touriste. Allez plutôt dans un port, conseilla Manu.

– Madame a peut-être peur des chiens?

Le ton était calme. Pour Manu la bonne éducation du clan Paoli devenait une curiosité.

– Dis-lui que tu n'as pas peur, ordonna Manu à Hélène.

– Je n'ai pas peur du tout, dit-elle très vite en regardant le type. (Elle le regarda quelques secondes. Elle l'avait vu dans la villa mais il ne s'était pas présenté pour jouir d'elle. Il ne l'avait pas fait parce qu'il la considérait comme une ordure à cause du grand Pao, l'aîné. Elle s'en doutait. Elle tremblait davantage de ce qu'il pourrait en dire que de la présence du chien.)

– Ce chien n'a pas de chance. Déjà qu'il est orphelin, dit-il en croisant le regard de Manu.

– Ça n'a pas l'air de le frapper beaucoup, sourit Manu.

– On y pense pour lui, dit-il. Ses parents sont morts dans un accident, à Ajaccio.

– Il faut bien mourir de quelque chose, dit Manu d'un ton léger en passant son bras sous celui d'Hélène.

Ils se mirent en marche. L'homme et le chien, immobiles, les suivirent du regard.

Hélène marchait en appuyant son bras contre Manu. Par réaction elle était agitée d'un léger tremblement. Manu la serra plus fort et elle se calma petit à petit.

Pour mieux juger des possibilités et de l'étendue du clan Paoli, il décida de partir à l'autre bout de l'île, vers la pointe du cap Corse.

Ils marchèrent lentement, pendant une heure, dans les rues et les ruelles de Corte. Ils gardaient le silence. Hélène ne savait donc pas qu'ils allaient quitter la ville. Manu remarqua qu'il n'y avait pas de poubelles. Les ordures étaient ramassées à la pelle et jetées dans un tombereau traîné par un cheval. Si le tombereau était trop plein, les cahots faisaient glisser un peu de la charge au milieu de la rue.

Depuis qu'il allait et venait dans la ville, Manu n'avait prêté aucune attention à ce tombereau. Brutalement la ville changea d'aspect pour lui et la pauvreté tout entière d'une Corse aux paysages enchanteurs, lui apparut comme un drap rapiécé, déployé en pleine lumière.

Manu avait demandé à Hélène de prendre le volant. Ce n'était pas la première fois. Mais après la visite de l'homme au chien, il voulait qu'elle fixe son esprit sur les virages de la route et non sur le reste.

A cause d'une longue interruption, elle ne conduisait pas encore très bien et certainement pas assez bien pour penser à autre chose qu'aux dangers de la route.

A Ponte Leccia ils prirent à droite en direction de Casamazza et longèrent la mer, côté ouest de l'île, pour rejoindre Bastia.

Au fil des kilomètres ils retrouvaient le sentiment d'être en vacances. Et, puisque le mois d'août s'achevait, d'être en fin de vacances. Dans l'esprit de Manu cette finale se mêlait au dénouement dont il flairait l'approche.

La côte ne leur plaisait pas. La mer y était trouble. Le rivage manquait de caractère. A la hauteur de Bastia la Corse est à son minimum de largeur. Il n'y a que dix-huit kilomètres pour passer d'une côte à l'autre. Ils franchirent le col de Teghime. Hélène se détendait et prenait un vif plaisir à piloter la 403.

— Le régime, disait Manu de temps en temps.

Elle changeait alors de vitesse. Le moteur tournait plus vite et plus à l'aise. La voiture récupérait de la puissance. Ils sentaient cette puissance en réserve, sous le capot, à leur service, dans la montée la plus rude. Ils étaient deux et le ciel libre éclairait leur visage. Ils traversaient des grands espaces vides dont les teintes variaient avec la distance. La montagne bleue devenait grise, marbrée de violet et de rouge, dès que la voiture en frôlait la masse. Le fond des précipices était sec. Il y avait des pierres blanches, lavées par une eau disparue. A leur gauche ils devinaient le centre de l'île à la suite des perspectives du moutonnement d'un maquis fabuleux. Ils s'aimaient.

Ils déjeunèrent à Patrimonio, la région du meilleur vin corse, un muscat d'un degré élevé. Ils ne burent que de l'eau. Hélène pour ne pas manquer un virage. Manu pour ne pas se priver d'une adresse au pistolet qui lui avait permis de vivre jusqu'à aujourd'hui et dont il pouvait avoir besoin d'une heure à l'autre.

A table elle le regarda un long moment sans rien dire. Elle ressemblait aux gens qui essayent de comprendre.

– Tu sais comment il s'appelle le petit brun qu'on a ficelé? demanda-t-il.

Elle le savait.

– Non, répondit-elle.

– Joseph Paoli. Estimé de tout le monde, etc..., etc...

Elle ferma les yeux une seconde, et les ouvrit s'efforçant à sourire.

– Et tu sais à quoi il passe son temps dans la journée?

Elle le savait.

– Non, répondit-elle.

– Honnête commerçant. Beau magasin de T.S.F. et la suite, ricana-t-il en coupant sa viande.

Il n'avait pas l'intention de la questionner. Il lui disait simplement ce qu'il savait. Il parlait dans le but d'amenuiser l'importance de ces gens aux yeux d'Hélène.

Elle s'attendait au pire, mais il ne parla pas. Il mangeait et se versait de grandes rasades d'eau gazeuse.

– Tu ne manges pas, s'étonna-t-il.

– Si... si, murmura-t-elle en piquant sa fourchette au hasard.

Une personne entra dans la petite ville du restaurant. Hélène était le dos à la porte. Elle se retourna brusquement, pour voir. Elle savait que Pao, pas Joseph, mais le grand Pao, l'aîné, pouvait apparaître à chaque instant. Il fallait quitter la Corse. Elle regarda Manu et pensa qu'elle devait le décider à quitter la Corse. Si Pao et Manu se voyaient, plus rien ne serait possible. Elle ne voulait pas perdre Manu. Elle ne le voulait pas.

Ils roulèrent lentement. Ils allaient vers l'extrémité du cap. Le littoral du cap Corse était rocheux.

La route passait en haut, surplombant une mer d'un bleu surprenant. Parfois on voyait une route qui descendait en lacets vers la mer, perpendiculairement à la route nationale.

Ils s'arrêtèrent à Pino, dans une auberge. Hélène demanda à Manu s'il avait l'intention d'y passer plusieurs jours.

– Non, répondit-il.

Elle soupira. Elle ne craignait qu'un séjour prolongé. Personne ne les avait suivis. Il faudrait au moins une semaine à Pao pour les découvrir. Pao s'amusait avec eux. Elle le savait. Elle savait qu'au lieu d'envoyer l'homme au chien il aurait pu venir lui-même et parler. Parler d'abord. Donc, il s'amusait et attendait le meilleur moment. Et s'il pouvait deviner que j'aime Manu de quoi serait-il capable? pensa-t-elle.

Elle se disait qu'elle parviendrait à influencer Manu, avec des armes de femme. Pour qu'il abandonne la Corse et cesse de jouer à la guerre.

Dans la chambre nouvelle, lorsque les amants regardèrent le lit et les autres meubles qui seraient tout à l'heure des témoins, elle s'y essaya. Mais elle s'aperçut que ce chemin la ramenait à sa première rencontre avec Manu. A l'époque où elle manœuvrait pour qu'il compatisse et la sauve. Elle se revoyait dans son rôle de prostituée.

Elle entendit sa comédie se briser en elle et

retourna avec une sorte de ravissement à la notion sincère de son amour.

Elle en éprouva aussi un peu d'angoisse. L'impression floue qu'elle ne parviendrait pas à protéger son amour avec de l'amour. Elle vivait une nuit blanche. Le souffle régulier de Manu ne l'apaisait pas. Elle le regardait dormir et se sentait affreusement enchaînée au passé.

Ils repartirent vers dix heures du matin. La région s'embellissait. Les rochers de la côte s'appuyaient contre des vignobles et une végétation tendre, fortifiée par des sources. Il y avait des tours gênoises, placées aux meilleurs endroits, face à la mer.

Hélène indiqua l'époque du style et une date précise. La bouche de Manu s'arrondit. Elle lui raconta aussi pourquoi les moulins plantés sur le paysage ne fonctionnaient plus et pourquoi cette région était celle des moulins (c'était l'ancien grenier à blé de Gênes et les vents balayaient le cap Corse dans tous les sens).

Rogliano, un peu à l'intérieur des terres, était le village le plus beau et le plus important. Il y avait d'anciennes demeures, grandes et orgueilleuses, entourées de platanes et de châtaigniers.

Il y avait un ancien monastère transformé en hôtel. Un villageois l'indiqua d'en bas, au couple. Le monastère dominait le berceau qui abritait le village. Il était flanqué d'une tour à créneaux. Une tour carrée, détachée du reste, vestige d'une construction écroulée dont on apercevait encore la ligne ébréchée d'un mur.

– C'est haut, dit Manu, histoire de répondre à l'homme.

– Vous pouvez le dire. Ça n'a pas dû être une petite affaire pour monter tout ça là-haut (il lissa sa moustache grise entre le pouce et l'index). Mais dans ce temps-là y avait des vraies femmes. C'est pas comme maintenant...

Hélène et Manu se regardèrent. Leurs yeux riaient. Le villageois s'éloigna pour gagner une place assise à l'ombre d'un arbre. Hélène se disait que Manu et elle avaient la même conception de l'humour. Elle en éprouva de la chaleur, comme d'un désir physique. Elle savait que les gens qui ne riaient pas des mêmes choses se complétaient mal. Il en était du rire comme du drame. Mais sur le drame elle était déjà fixée.

Elle s'abandonna totalement et s'installa d'un meilleur cœur dans cet hôtel. La vue y était d'une telle ampleur qu'ils ne pouvaient que regarder sans parler.

Le jour se levait dans le froissement de l'ombre en fuite et le soleil, bon enfant, rappelait au pouvoir un peu de cette ombre, lui désignant l'épaule des talus, le pied des arbres, les murs de pierres sèches.

Le soleil se couchait dans l'eau sans teinter la proximité de sa chute. Sauf une petite barre trapue, suspendue au ras de l'eau. Et cette barre demeurait inchangée de longues minutes. Et puis elle s'étendait en arabesques rouges, bordées de noir. La petite barre s'amenuisait au fur et à mesure que les arabesques se multipliaient. Après quoi les bordures noires disparaissaient et la zone sanglante montait, montait, annonçant enfin la mort quotidienne du soleil.

Les lendemains ressemblaient aux veilles. Hélène s'épanouissait. Manu attendait. Il avait inscrit Hélène comme étant son épouse légitime sur la fiche de l'hôtel.

Ils prenaient leurs repas sur la terrasse, toujours à la même table. Sur cette table ils trouvèrent une lettre. L'enveloppe portait : Madame Hélène Gambourgasse.

Hélène pâlit. Elle ouvrit l'enveloppe. Il n'y avait qu'une feuille blanche. Manu la tourna et la retourna. Puis il la froissa et la jeta. L'enveloppe n'était pas timbrée.

Manu pensa que le nom d'Hélène était long et compliqué. Il éprouva une sensation de vide. Comme s'il ne connaissait pas Hélène. Comme s'il était seul. « Gambourgasse, pensa-t-il, c'est d'où ce nom-là? »

– Manu, murmura-t-elle, quittons la Corse. Je t'en supplie (elle dit encore) ... je suis malheureuse.

Il se leva et chercha l'aubergiste. Non, l'aubergiste n'avait vu personne. Il ne comprenait pas. Le facteur n'avait rien donné et il n'avait vu personne de plus.

– Ne t'inquiète pas, dit-il en revenant auprès d'Hélène. Tout est normal. On va partir d'ici et on quittera la Corse bientôt.

– Bientôt... fit-elle sans y croire.

– Oui, bientôt. Quand on saura ce qu'ils ont dans le ventre. Et après on sera bien tranquille.

Elle sentait qu'il n'en démordrait pas.

– Et je peux même te dire par où on embarquera, dit-il en souriant.

– Par où?... demanda-t-elle très vite.

– Par Ajaccio.

X

Ils croisaient de moins en moins de voitures. A Saint-Florent, au début du désert des Agriates, la saison fermait les valises et les volets des fenêtres.

Hélène et Manu se baignèrent. Hélène n'aimait pas s'éloigner du rivage. Manu l'entraîna plus loin qu'à l'habitude. Plus elle s'éloignait plus ses mouvements devenaient rapides, saccadés. Il l'obligea à faire la planche et ils restèrent longtemps à regarder le ciel. Quand elle reprit la nage, elle nagea lentement. Il décrivait des cercles autour d'elle. Lorsqu'elle ne le voyait pas elle l'entendait. Elle savait qu'il était là. L'eau du golfe était calme. Ils voyaient le relief du fond marin recouvert de sable. Ils voyaient aussi des petits poissons qui se déplaçaient en scintillant comme un diamant à facettes que l'on tourne et retourne dans la lumière.

Manu avait repris le volant et la traversée du désert des Agriates, en direction de Calvi, faisait danser le visage de Roland devant le pare-brise. Manu roulait de plus en plus doucement et scrutait les pentes ravinées, sur sa gauche, à la recherche des moutons et des chèvres du berger Antonelli.

— Qu'est-ce que tu cherches? finit par demander Hélène.

En voulant lui répondre il s'aperçut qu'il ne lui avait jamais parlé de Roland. Il ne pouvait pas lui parler du berger Antonelli et de Laurent avant de lui parler de Roland.

Il en arriva même à penser qu'après avoir parlé de Roland, il serait inutile de parler des autres.

— J'ai un ami... répondit-il.

— Ici?

Elle désignait le désert que Manu fouillait du regard depuis vingt kilomètres.

— Mais non! On ira chez lui quand tout sera liquidé ici.

— C'est loin, chez lui?

— En France.

Il ne savait pas au juste pourquoi il n'avait pas donné une adresse plus précise. Elle ignorait le passé de Manu. Elle se rendait compte qu'ils traînaient misérablement leur passé respectif, chacun pour soi.

— Et... comment est-il ton ami? demanda-t-elle en souhaitant que sa question se fasse toute petite.

Comment était Roland? Il se mit à réfléchir. Hélène s'imagina que la question l'indisposait.

— Il est fort, dit-il enfin.

Il regarda Hélène et jugea qu'il n'avait pas dit grand-chose. Il ajouta :

— Il a plein d'idées sur tout. Des idées justes. Et si on le bouclait dans la forteresse de Calvi, tu sais ce qu'on a visité tout en haut, eh bien, il s'en évaderait.

— Je vois, dit-elle.

— Il te plaira sûrement. D'abord il plaît à tout le monde un jour ou l'autre.

Elle se demanda si elle plairait à ce Roland. Elle se demanda si Manu lui raconterait d'où elle venait.

— Qu'est-ce qu'il fait dans sa vie? laissa-t-elle échapper.

Elle croisa les jambes en pressant ses cuisses l'une contre l'autre avec force. Elle regrettait la tournure de la conversation. Elle avait peur d'être questionnée à son tour.

— Lui?... Rien... on est pas obligé de travailler. On est obligé à rien (elle posait de grands yeux sur lui. Il sourit et lui caressa la jambe)... on a ramassé des tas d'or au fond de la mer, tu comprends...

— Je comprends... murmura-t-elle.

Elle aurait voulu crier : « C'est merveilleux! inouï! extraordinaire! » Elle ne pouvait pas. Elle était plongée dans un conte de fée. Les demeures étaient trop douces, les carrosses trop dorés, le prince trop puissant. Une petite voix disait en elle : « C'est trop beau, trop beau, trop beau... »

Elle s'attendait à avoir très mal. Manu se sentait heureux dans un monde qui était celui de la possession d'Hélène, de la montagne des billets de banque et de la bonne condition physique.

Hélène aperçut un petit âne et la maison ronde et basse du berger. Un chien aboya après la voiture. Une vieille femme abrita, de la main, ses yeux du soleil, pour regarder passer la voiture.

– Des gens... dit Hélène.

Manu ne répondit pas et ne s'arrêta pas. Hélène tourna légèrement la tête, intriguée par ce signe de vie dans ce désert mort, et, dès le premier tournant, elle n'y pensa plus.

Le désert finissait à l'île Rousse. Manu reconnaissait la ville. A sa gauche un panneau indiquait ARÉGNO 8 km. Il fila tout droit. Il avait l'impression de rouler sur des traces anciennes. En suivant le littoral, vers Calvi, il passait obligatoirement à Algajola.

Il revoyait encore Roland décharger le cercueil de Laurent. Il revoyait la masse du château agenouillé devant la mer. Il revoyait les gosses autour du voilier.

Il traversa lentement le village. Il n'y avait pas de gosses. Il y avait des hommes assis le long d'un mur. Il suivit des yeux une jeune fille brune, les cheveux dénoués. Elle revenait de la fontaine. Le seau plein la faisait pencher d'un côté. Elle avait une belle croupe. Un jour elle partira, pensa-t-il.

Il accéléra. Chaque tour de roue le rapprochait des ennemis d'Hélène. Ils croyaient sans doute que Manu s'était enfui au bout de l'île après avoir été débusqué de Corte. Maintenant il arrivait au-devant d'eux. Et il en était content.

A la sortie de Calvi, Hélène indiqua une grosse colline, à gauche.

– C'est là que Nelson a perdu un œil, dit-elle.

– Tu es déjà venue là?

– Non. Mais tout le monde sait qu'il a perdu son œil ici (elle réfléchit davantage). En juillet 1792.

Il pensa qu'elle avait dû fréquenter les écoles et qu'elle était peut-être diplômée.

– Moi je le savais pas, dit-il.

Elle lui caressa la nuque et se rapprocha.

– Ce sont les choses inutiles, mon chéri. Toi, tu sais toutes les autres choses...

– Une femme amoureuse ça perd son jugement, dit-il.

Elle laissa fuser un petit rire et passa une main devant ses yeux comme on le fait pour les aveugles. Pendant qu'elle s'amusait il se demanda ce qu'il savait. Au fait, se dit-il assez curieusement, qu'est-ce que je sais? Hélène avait parlé de choses utiles. Donc, des choses qui protègent contre les gens ou contre d'autres choses. Qu'est-ce que je sais, en général, s'acharnait-il à penser?

Il savait que dans un pays où il y avait peu à manger le bétail était maigre.

Il savait qu'avec des jolies femmes, une bonne table, des bons vins et pas de scrupules un diplomate pouvait prétendre à d'intéressants résultats.

Il savait que là où il tombait de la neige les toits des maisons accusaient une forte pente et que, sous le soleil, les toits étaient plats.

Il savait qu'un chef d'État issu des prisons ou de la misère était plus efficace qu'un produit universitaire chouchouté par une grand-maman richissime.

Il savait qu'un homme partage un morceau de pain en deux et donne cette moitié à un ami alors qu'il ne possède que ce morceau de pain mais, que ce même homme, ne donnera pas, à ce même ami, la moitié d'un milliard.

Il savait qu'à l'heure de sa chute un homme doit s'arranger pour tomber seul et n'entraîner personne dans cette chute.

Il savait que les nomades vont par deux.

– Il y a une femme sous toutes les tentes, les cases, les igloos et même dans les pirogues à balancier des pêcheurs de perles, dit-il (et il conclut)... voilà, c'est tout ce que je sais.

– Et dans ta voiture aussi, il y a une femme!

– Et même qu'elle est rudement mignonne et qu'on va s'arranger pour qu'elle ne s'en aille pas...

Elle tourna vivement la tête du côté opposé à Manu. Quand elle ne vivait que son amour, oubliant le reste, elle le vivait si intensément que les larmes étaient toujours derrière ses yeux. Elle pleurait la nuit lorsqu'il dormait. Mais il désirait qu'elle devienne une femme courageuse et forte... Elle faisait de son mieux.

– Oh regarde! il est à sec!... (elle avait presque crié).

Ça ne valait pas une exclamation pareille. Manu regarda. Le lit du Fango était à sec. Des pierres blanches et un pont par-dessus ces pierres blanches. Il y avait une maison après le pont « café-hôtel-restaurant du Fango ».

Le lieu était désert. Il n'y avait que cette maison. Il y avait un croisement de routes. La visibilité était parfaite.

Il n'y avait que deux chambres et elles étaient disponibles. Ils purent choisir. Celle qui donnait sur la montagne était plus grande. Ils prirent l'autre; de la fenêtre ils voyaient le croisement et toutes les routes.

Le lendemain ils repartirent assez tard. Manu avait une envie folle de coquillages et vers midi il cherchait déjà à quitter la route surplombante du littoral pour descendre dans un port.

A Porto, il bifurqua et la petite route les déposa sur le bord du golfe de Porto.

La pleine lumière de midi ne brûlait pas le

paysage. L'équilibre naturel du site devait toujours s'harmoniser avec toutes les teintes que le ciel pouvait prendre, du gris au bleu en passant par le noir et le rouge. Aujourd'hui, en pleine lumière, la forêt d'eucalyptus soulignait l'éclat du sable et de l'eau comme l'écrin plus sombre souligne l'éclat des perles. En respirant le parfum des eucalyptus Manu pensa à Galinetti et à son arbre.

Une vieille tour dominait le promontoire rocheux qui s'avançait vers la baie. Ce bloc rocheux était couleur du feu. A sa droite il abritait le port et, à sa gauche, la plage. Derrière lui il abritait les maisons.

« Porto », la rivière, se jetait dans la mer entre la plage et le rocher. Elle longeait le rocher. En se jetant dans la mer elle formait un étroit goulet serré entre le sable de la plage et le rocher.

Et, avant ce goulet, la rivière formait une lagune mêlée d'eau douce et d'eau salée. Des villas fleuries donnaient sur cette lagune.

La forêt d'eucalyptus commençait de l'autre côté de la lagune et s'étendait en bordure du sable, face au golfe, jusqu'à la montagne. Elle s'y adossait.

Manu tenait Hélène par la main et ils marchaient lentement, silencieux, saisis par le contraste des couleurs. Manu n'avait rien vu de semblable, même au Pacifique. La douceur chevauchait la force, les sources baignaient l'âpreté, l'ombre des grands arbres n'empiétait pas sur la transparence ensoleillée de la mer.

C'était l'endroit. Il était arrivé. C'était l'endroit si profondément habitable. Ils s'approchèrent de l'eau jusqu'à l'extrême limite du sable et ils se retournèrent pour contempler la lagune et les maisons enfouies sous les géraniums et les mimosas. Derrière eux la mer bordait gentiment les rochers d'une écume légère. Il y avait le cuivre du rocher, le blanc de l'écume et le bleu de la mer. Elle semblait dormir en respirant à peine.

– C'est pas possible... murmura Manu (il entoura l'épaule d'Hélène de son bras et la serra contre lui. Elle laissa pencher sa tête. Il ajouta)... c'est plus qu'un pays, c'est une chance.

Il avait oublié son envie de coquillages. Il entraîna Hélène. Depuis la forêt, une petite passerelle en bois enjambait la lagune dans sa partie large. Et on arrivait devant les trois maisons estivales.

Il ouvrit le portillon du jardin. On montait quelques marches, en tournant, et on débouchait sur une terrasse. Deux hommes et une femme prenaient l'apéritif.

– Bonjour, dit doucement Manu.

Il tenait toujours Hélène par la main. La femme demeura interloquée, sa carafe d'eau glacée au-dessus des verres.

– Bonjour, répondit un des hommes.

Ils regardèrent Hélène. Ils en auraient bien fait leurs dimanches et leurs jours de fête. Surtout celui qui avait répondu, dont la femme avait les seins tristes.

– C'est beau ici et on voudrait bien y rester. Vous ne voulez pas vendre votre maison? demanda Manu.

– Vendre?... fit la femme.

– Vendre?... répéta l'homme.

– C'est ça, dit Manu.

Hélène ne savait plus que penser. Les fleurs s'assombrirent pour elle. Pao, viendrait, parlerait et la forêt d'eucalyptus basculerait dans l'autre monde.

– J'achète et je paye comptant, assura Manu.

Les autres se regardèrent. Ils habitaient Bastia l'hiver. Ils étaient corses. La maison était un héritage de la femme, du côté de sa sœur. C'était une assez grande maison, confortable, un étage, une cave fraîche et une dizaine de pièces en tout. Il n'y avait pas beaucoup de terrain.

L'homme pensait qu'elle valait six à huit millions. La construction était un peu légère.

– Quinze millions, jeta Manu.

Ils se regardèrent encore. Ils n'avaient jamais pensé à la vendre. A Bastia ils étaient commerçants. Ils y repartaient dans deux jours. Quinze millions... La femme disait souvent qu'elle s'ennuyait dans ce coin. Elle préférait Nice. Elle préférait un appartement sur la promenade des Anglais. Elle préférait passer ses vacances allongée sur un pliant de la promenade des Anglais.

— Vingt, dit Manu en sortant son carnet de chèques.

— Dominique! s'exclama la femme.

— D'accord, dit l'homme.

— Alors un acompte de cinq, à valoir sur le reste, en attendant les papiers du notaire, dit Manu en écrivant.

L'homme indiqua son nom. Manu signa et tendit le chèque. L'homme rédigea un reçu. Roland avait fait la même chose pour sa maison.

— On peut habiter tout de suite? demanda Manu.

— Certainement. Nous partions dans deux jours, dit la femme.

— Vous ne nous gênez pas le moins du monde, dit Manu, au contraire. Il souriait.

— Si on trinquait un coup, proposa l'homme qui n'avait rien dit.

Hélène et Manu s'installèrent autour de la table. Manu allongea ses jambes. Il avait envie de s'étirer. Il était enfin arrivé. Et Hélène, sa femme, revenait d'aussi loin que lui.

Au début octobre, les ex-propriétaires et leur notaire poussaient la grille du jardin. Manu signa l'acte définitif et régla la différence.

Dans Porto, ils étaient seuls, avec quelques pê-

Ben alors ! quand on a plein de pognon.

cheurs. L'hôtel venait de fermer. Il n'y avait qu'un voisin, un peintre. Mais, depuis qu'il habitait là, il faisait partie de la population.

– Tes ennemis ce ne sont même pas des ennemis, ce sont des paltoquets. Ils feraient mieux de jouer à colin-maillard avec des gosses. Nous, on a passé l'âge du croquemitaine. Il n'y a plus à s'en faire.

Elle souriait pour donner le change. Elle était tellement heureuse, lorsqu'elle ne pensait pas aux autres, qu'elle envisageait de tuer Pao. Si les autres parlaient à Manu, ça pouvait s'arranger. Mais si Pao se montrait, si Manu voyait Pao, ça ne s'arrangerait pas.

A un autre homme que Manu elle aurait pu expliquer progressivement. Jour après jour elle prenait davantage conscience de la mentalité de Manu, de sa tournure d'esprit. Elle ne pourrait combler le fossé.

Il était doublement heureux d'avoir choisi ce coin de la Corse. Il y avait la beauté à l'état pur, la beauté intégrale et il voulait prouver à Hélène qu'il se foutait pas mal du passé, de la proximité d'Ajaccio et du grand lit. Souvent il avait envie de lui crier :

– Même de rencontrer des gens qui t'ont eue dans cette satanée baraque, je m'en fous!

Il n'avait pas besoin de le lui dire. De cela elle était certaine.

Un jour, il s'appliqua à dresser une liste d'objets;

pêche sous-marine, canot automobile, skis nautiques, livres, disques...

– Tiens, ajoute ce que tu veux là-dessus et on l'achètera, dit-il.

Elle ajouta des livres et des disques. Manu regarda. Il n'avait ni lu, ni entendu ça. En bas de la liste elle avait écrit « Et Roland aussi ».

– Ça me fait plaisir, dit-il (il était ému). On va tout arranger et on lui enverra un télégramme.

Dans l'après-midi, Manu, seul, croisa la sœur de Joseph Paoli, la fille au visage de western et au regard qui allait loin. Il la croisa sur la petite place, près du port minuscule. Il la regarda. Il s'arrêta et se planta devant elle.

– Ils envoient une femme...

Elle ne lui répondit pas. Son regard un peu triste gênait Manu.

– On habite la dernière maison sur la lagune, à gauche, dit-il. Votre travail est terminé. Il faut vite rentrer chez vous pour le rapport...

Il eut envie d'ajouter : « Vous auriez fait de bons flics dans la famille », mais il ne le fit pas à cause du maintien particulier de cette femme.

Elle retourna à sa voiture, une vieille traction-avant noire et démarra lentement. Il la vit remonter jusqu'à la route nationale. Elle prit la direction d'Ajaccio. Manu rentra chez lui.

– Je vais faire un saut à Ajaccio demain matin pour les achats et le canot-automobile, annonça-t-il.

Si on n'en trouve pas, Roland l'achètera en passant à Paris.

Porto n'était qu'à 80 kilomètres d'Ajaccio. Les routes étaient désertes. Pendant qu'il roulait, Hélène, dans leur maison, lisait et relisait la liste qu'ils avaient dressée ensemble et que Manu aurait dû emporter. Elle ouvrit le tiroir d'une petite table située dans l'entrée. Manu y plaçait son revolver. Le tiroir était vide. Elle se laissa tomber sur un fauteuil d'osier et son regard absent erra devant elle.

Manu stoppa devant le magasin de Joseph Paoli. Il sauta de la voiture sans ouvrir la portière et s'engouffra dans le magasin.

Paoli lisait un journal. Au bruit il leva la tête et se leva en voyant Manu. Derrière Paoli il y avait une porte entrouverte donnant sur un arrière-magasin. Manu poussa brutalement Paoli en pleine poitrine. Ce dernier chercha à s'appuyer en arrière. Il ne rencontra que la porte ouverte et il tomba dans la pièce voisine.

Manu le laissa se relever. Paoli remit calmement de l'ordre dans sa toilette.

– Au lieu d'envoyer une femme tu pourrais te déranger! dit Manu.

Paoli le regarda sans répondre. Il s'adossa au mur. La pièce servait d'entrepôt.

– Alors c'est tout ce que vous faites, ricana Manu. Une enveloppe vide, un type avec un chien et une femme! On joue à la terreur par petites doses.

On voudrait bien se servir d'un colt mais on n'ose pas! On préfère la guerre des nerfs! Vous n'êtes qu'une bande de petits cons, c'est tout ce que vous êtes...

Paoli, les pieds joints, le dos en retrait, admirait la pointe de ses chaussures.

– Mon père était corse, prononça Manu d'une voix apaisée (Paoli releva la tête)... et mon grand-père aussi. Tous des Corses... Souvent ils me racontaient des histoires sur ici (il marqua un temps d'arrêt). C'étaient des histoires d'hommes...

– Je le crois, dit Paoli.

Il avait un timbre un peu bas. Il jouait un rôle difficile et il n'avait pas le droit de s'en expliquer. Manu recula pour sortir.

– Il faut prendre vos responsabilités, dit-il. Le premier qui vient traîner autour de ma maison ou qui se payerait le luxe de pousser la porte du jardin, je lui tire dedans. Tu vas bien leur dire ça à tous. Qu'ils sachent où ils en sont...

Paoli regarda Manu au fond des yeux et acquiesça imperceptiblement de la tête. Manu franchit la porte.

– Il n'y avait pas de canot comme je veux. Roland l'achètera, dit-il à Hélène.

Il avait oublié la liste mais il avait acheté les choses de mémoire. Sauf les disques et les livres exacts d'Hélène. Il avait expliqué à la vendeuse qu'il s'agissait d'une personne très instruite et elle lui avait fourré de la musique de chambre et des traités philosophiques. Hélène souriait.

Comme l'été ne finissait pas, ils remplirent les journées suivantes d'exercices physiques. Hélène s'aguerrissait.

Cinq ou six jours après sa visite chez Joseph Paoli il trouva une lettre dans la boîte de la grille d'entrée. « Monsieur Manu Borelli. Marine de Porto. » Et sur la feuille de papier quadrillé : « Demain mercredi au petit jour. Sur la route de Piana, 4 kilomètres avant Piana, s'arrêter au rocher de la tête de chien. Prendre le sentier à droite, le suivre jusqu'à une grotte au cœur des Calanques. »

Il n'y avait pas de signature. Les Calanques de Piana se voyaient de la maison. Manu les regarda. Elles étaient accrochées à la montagne, hérissées de rochers de toutes les couleurs.

Dans la journée il rédigea une lettre pour Roland avec l'adresse de Beg-Meil et la cacha dans les affaires d'Hélène. Sur l'enveloppe il écrivit « A remettre personnellement à Roland ».

Et pendant qu'Hélène faisait frire du poisson, il s'entraîna à lancer son poignard contre une planche fixée à un arbre du jardin.

XI

Le rocher de la tête de chien portait bien son nom. L'érosion l'avait déchiqueté et l'ossature de la tête d'un chien géant se découpait nettement dans le paysage.

Manu prit le sentier à droite. L'aube réveillait les plantes sauvages. Les senteurs montaient du sol. Plus Manu s'enfonçait dans le maquis des Calanques, plus les rochers surgissaient. Parfois le sentier se rapprochait de la crête et on apercevait la mer.

Manu sortit son revolver et contrôla le bruit de ses pas. Il s'arrêtait pour écouter et reprenait sa marche, environnée de silence. Il n'y avait pas de vent et les oiseaux volaient d'un rocher à l'autre à petits coups d'ailes furtifs. Ils ne piaillaient pas.

Au bord d'un ravin qui fendait la montagne d'une longue incision, jusqu'à la mer, Manu découvrit la grotte.

Il entendit une détonation. Dans un réflexe il se jeta à plat ventre. L'écho renvoya la détonation. Il comprit qu'elle venait de la montagne. Il se releva.

– La chasse est ouverte, dit un homme.

Manu se retourna d'un bloc, le revolver à la hanche. C'était Joseph Paoli. Il n'était pas armé. Du moins en apparence. Il tenait un paquet enveloppé dans un journal.

D'autres hommes sortirent de la grotte et de l'abri d'un rocher, à la gauche de Manu. Ils étaient cinq en tout : le jardinier, le jeune type au chien, Joseph Paoli et deux autres que Manu ne connaissait pas.

– Il y a du monde, sourit Manu en cherchant à s'appuyer contre un rocher pour ne pas être abattu dans le dos.

– Pao, mon frère aîné nous a autorisé à venir, dit Joseph Paoli.

Il avait prononcé « Pao » comme on parle d'une religion. C'était le diminutif de leur nom de famille. Manu savait que, dans certains clans, l'un des membres se hisse à la renommée et que, son simple diminutif, ou son simple prénom, rappelle le nom du clan tout entier un peu comme si, avant lui, la famille n'avait pas de nom.

– Il aurait pu venir aussi, railla Manu.

Les hommes se regardèrent et celui que Manu s'acharnait à considérer comme un jardinier s'avança. Manu tenait toujours son automatique mais son bras pendait le long de sa cuisse. Paoli ouvrit le paquet. Il contenait deux revolvers à barillet. Il pria Manu d'en choisir un. Manu, perplexe, saisit au hasard. Il rengaina son arme dont le ridicule apparaissait dans la lumière du jour qui montait davantage chaque seconde.

Joseph Paoli donna le deuxième revolver au jardinier. Et il leur distribua trois balles à chacun.

Manu regarda les autres hommes qui ne seraient que les témoins d'un duel et les transporteurs d'un cadavre. Il dégaina son arme personnelle et la tendit à Paoli. Ce dernier la prit en le saluant d'un petit signe de tête.

– C'est lui qui te rencontre, ça lui revient de droit. (Il désigna le jardinier et regarda Manu bien en face) ... Parce que nous, on n'a pas de colère contre toi.

Il tendit sa main. Manu avala un peu de salive et la serra. Les autres hommes s'avancèrent et tendirent aussi des mains. Manu les serra. Ça ressemblait à des condoléances.

Ils serrèrent aussi la main de leur ami. Manu enleva sa veste. Ils virent son poignard. L'adversaire fit signe à Paoli de laisser le poignard. Il avait lui-même, dans sa poche, un long couteau à cran d'arrêt. Il plaça lentement les trois balles dans le barillet. Manu l'imita. Les balles étaient longues, d'un calibre peu courant 7 mm 85. Mais la longueur de la douille indiquait leur force de pénétration.

Joseph Paoli expliqua le règlement. C'était un

duel à l'américaine. Un seul homme en revenait et parfois aucun.

En face de la grotte sur un terrain légèrement en pente il y avait une vingtaine d'énormes blocs formant des fissures, des surplombs, des dalles inclinées, des arêtes, des petits dômes. Le plus haut bloc était à une dizaine de mètres du sol. Il y avait des anfractuosités de toutes sortes, des niches dans lesquelles un corps d'homme pouvait se lover comme un fœtus.

Autour de cette cascade de rochers il y avait un espace libre d'une dizaine de mètres.

Les combattants pouvaient se déplacer entre, contre et au sommet des rochers. Mais ils ne pouvaient pas s'écarter de plus de deux mètres du rectangle qui enfermait ces rochers. Ce rectangle avait environ quatre-vingts mètres de long sur cinquante de large.

Les quatre témoins se placèrent aux quatre angles. Manu évaluait la force physique de son adversaire qui était plus grand que lui. Ses poignets étaient carrés. Son corps devait être noueux et dur comme du fer. Il était dans la pleine force de l'âge. Manu pensa qu'il était plus agile que ce paysan lent, mais il n'en était pas certain. Manu ne savait pas trop quoi dire. Ils devaient partir chacun à une extrémité du rectangle. Il aurait voulu lui dire que ce combat était absurde, qu'il en voulait à ce Pao invisible et à personne d'autre.

— Je suis prêt, dit-il simplement.

Il faisait bon, presque doux. Le type échancra sa chemise.

— Tu as tué mes chiens, dit-il, et il s'éloigna de son côté.

Manu regarda son revolver. Tout ça était bête à crier. Il se sentait coincé dans un piège qui ne payait pas de mine mais dont on ne sortait pas. Comme de tous les pièges de grand air, les pièges naturels que même les animaux oublient.

Pour lui, le piège, c'était son état d'âme. Il n'avait aucune raison de se battre contre ce type. Ce type ne lui parlait pas d'Hélène. Il avait l'air de s'en foutre d'Hélène. D'ailleurs ils avaient tous l'air de s'en foutre. Ce type lui parlait des deux chiens-loups. Quand on a élevé des beaux chiens, qu'on les a dressés, on en fait la joie de sa vie. Et les histoires de tueries, en Corse, qui avaient commencé par un assassinat de chien de chasse, Manu en connaissait.

Lui, il avait les mains vides. Il n'avait plus qu'une raison de se battre; celle de ne pas mourir.

L'autre avait dû rejoindre sa place de départ. Le combat était commencé. Manu se colla contre un rocher, le contourna et pénétra à l'intérieur du dédale. Il traversa en largeur, et passa la tête à l'angle du rocher terminal. Rien. Il ne voyait même pas les arbitres. Ils avaient dû se protéger contre les balles perdues.

Il pensa que si le type tirait ses trois balles sans succès il serait à sa merci et qu'il pourrait lui faire grâce de la vie. Mais pour que l'autre tire il fallait se montrer. Et si je tire mes trois coups en l'air, il ne va quand même pas m'assassiner ensuite, pensa-t-il. Il se souvint qu'il avait insulté Joseph Paoli dans son magasin. Le clan avait les yeux sur lui.

Il essaya de s'imaginer que son adversaire avait tué Roland et Hélène et il grimpa sur le sommet d'un rocher. Courbé en deux il sauta de bloc en bloc et, s'aplatissant soudain, il rampa à l'extrémité d'une dalle.

Il regarda de haut en bas, toujours à plat ventre et il aperçut la tête du type à ras du sol, le corps abrité par le rocher qui formait l'angle du terrain.

Il était à une bonne dizaine de mètres. Il ne connaissait pas l'arme, ni son recul, ni rien. Il pensa que l'occasion était quand même bonne et il tira.

La tête disparut. Il changea rapidement de place. Il avait une balle en moins. Il avait visé le type en pleine tête. Il avait franchi le pas.

Sans hésiter il se déplaça à toute vitesse, passant du sommet au sol, coupant les points dangereux, d'un saut, et le type tira. La balle ricocha à un pouce de Manu. Il pensa que l'autre était un fameux tireur et qu'ils n'avaient plus que deux balles chacun.

Dans la zone interdite, toute proche, il y avait

des fougères, des ronces géantes, des arbustes verts et touffus chargés de fruits rouges.

Manu s'assura que le type n'était pas au sommet des rochers et il se mit en vue, au centre de la longueur. L'autre ne pouvait apparaître qu'à quarante mètres de là, à un angle du terrain. Ce qu'il fit.

Face à face ils jugèrent de la distance. La hantise de rester sans balle retenait la détente. Ils auraient bien tiré, mais ensemble. Personne ne voulait faire les frais de la distance sur un adversaire pouvant sauter ou s'abriter à l'ultime dixième de seconde.

Manu leva son arme, bras tendu, comme dans un duel de parade. L'autre leva son arme. Ils abaissèrent le bras et tirèrent. Un début de fatigue et de tension nerveuse les laissa indemnes.

Le type disparut derrière son angle. Manu demeura au centre de la longueur, et plaça son dos contre un rocher.

« Une seule balle à tirer chacun. Et après? », pensa-t-il. Il consulta sa montre. Le combat durait depuis une bonne heure.

Il n'y avait pas un seul nuage. Le ciel était très bleu, un peu gris, tout au fond. Manu se déplaça de quelques mètres pour s'abriter sous un surplomb. Les pieds au sol, le dos collé au roc, protégé d'une attaque venant du sommet par le rebord rocheux, il surveillait les deux angles, les bras légèrement écartés.

Le visage orienté vers Porto il se demanda si l'écho n'avait pas répercuté le bruit des détonations jusqu'aux oreilles d'Hélène. Que faisait-elle? Que pensait-elle? Il l'avait quittée comme un voleur, sans la réveiller.

Il y avait d'autres détonations, à intervalles irréguliers. Des coups de fusil. Des fusils à grosse voix. Celle des revolvers était plus aiguë, un peu sifflotante comme la lanière d'un fouet.

Il avait raté ses deux premiers tirs. Il n'avait plus confiance. Il regarda les angles. L'autre pouvait surgir, encore à une quarantaine de mètres. Il ne pouvait pas surgir d'entre les rochers, à dix mètres. Il ne surgirait pas d'aussi près dans un secteur où celui qui attendait était immobile, mieux protégé pour ajuster son tir. A dix mètres c'était la mort.

« Il surgira à quarante mètres, pensa Manu. Et j'attendrai. Je ne tirerai pas. A quarante mètres je le manquerais. Cette dernière balle je vais la manquer et il me tuera avec sa dernière. Il pourra s'approcher et me brûler à bout portant.

« Et si je ne tire pas des quarante mètres, il peut tirer avant et m'avoir. Il peut m'avoir, pensa-t-il avec force... M'avoir. »

Ses oreilles bourdonnèrent. Il appliqua sa paume gauche contre une oreille. Il appuya et lâcha, faisant des appels d'air. Il regardait sans arrêt les angles du terrain.

Son immobilité le gênait et le protégeait à la fois. Il lui sembla qu'une musique errait sur la mer. Qu'elle rampait le long de la montagne. Un léger martellement. Une marche. Cette marche qu'un vieux dingo, un colonial isolé dans une île, passait sans répit sur un phonographe à pavillon. Il n'avait que ce disque-là. Il disait que c'était le boléro de Ravel.

Le son s'amplifiait sans qu'on touche à l'appareil. Ça devenait exaltant. Ça soulevait sous les aisselles. Ça portait. A cette époque Laurent vivait encore. Mais Roland était blessé.

Cette musique, Manu disait qu'elle donnait de la force. Il disait qu'il aurait pu traverser un grand champ et marcher au-devant d'ennemis plus nombreux, pour mourir, avec cette musique derrière.

Il disait que ce martellement, ce grand souffle immuable qu'on entendait par-dessus les autres notes, l'aiderait à mieux mourir. Et Laurent disait qu'il allait balancer le phono et le disque à la mer et peut-être aussi le vieux colonial dont la barbiche tremblotante le rendait fou. Il disait ça à cause du soleil. Il y avait trop de soleil dans ce coin.

Manu cligna les yeux. Il lui sembla que les angles se rapprochaient et s'éloignaient. Et puis ils se figeaient. Mais, lorsqu'ils bougeaient, il voyait mal. Il n'aurait pas vu le type surgir. Il essuya ses yeux d'un revers de la main.

Il y avait toujours la musique. Il l'accepta. Mais

où était le grand champ et le paquet d'ennemis? Il n'y avait que des rochers et un seul homme. Où était cet homme? Peut-être plaqué comme lui contre les rochers, sur l'autre longueur du terrain. A attendre.

Derrière les montagnes, Manu devinait Aregno, vers le centre. Sous sa pierre Laurent ne pouvait plus rien voir. Manu se rappela que Laurent avait toujours eu confiance en lui. Il disait que jamais personne n'aurait Manu.

La chance, pensa Manu, j'ai toujours eu de la chance. Il regarda les angles. Il se sentait guetté par les angles. Celui de gauche était calcaire, gris noir, moucheté de blanc. Celui de droite était en granit ocre, moucheté de vert. Le rocher contre lequel il collait son dos et parfois sa joue avait aussi des éclaboussures de vert sur un fond ocre.

Il n'avait plus qu'une balle et il avait peur. Il se demanda si l'autre avait peur? Il prit son revolver dans la main gauche. Sa paume droite était trempée. Il l'essuya contre son pantalon. Il sortit son mouchoir, essuya soigneusement la crosse et reprit son revolver dans la main droite.

Il marcha vers l'angle gauche. Brusquement il tourna l'angle et la ligne droite de la largeur du terrain apparut, déserte.

Il franchit cette largeur et, tout près de l'autre angle, il écouta. D'un coup sec il tourna. Il se trouvait sur la longueur du terrain à l'opposé d'où il avait attendu si longtemps écrasé contre un rocher. Personne.

Cette longueur était pleine de fissures perpendiculaires. Le type pouvait s'y cacher ou attendre au sommet, à plat ventre.

Le soleil illuminait les Calanques. Manu se hissa sur un rocher et passa les yeux à ras du sommet. Le type n'y était pas.

Il reprit contact avec le sol et aspira un peu d'air. Entre le bleu du ciel et le bleu de la mer il n'y avait que ces maudites pierres du maquis. Il lui sembla qu'il n'y avait pas d'air et que le ciel et l'eau n'étaient que les parois d'un four.

Il visita les fissures une à une. Vides. Il arriva au dernier angle. Celui qui découvrirait la largeur du terrain. Si le type n'avait pas tourné en même temps que lui il était obligatoirement sur cette largeur.

S'il est trop loin je ne tire pas. Je ne tire pas s'il est trop loin. Je ne tire pas, je ne tire pas... Avant de surgir, Manu parlait tout seul en remuant les lèvres sans émettre aucun son. Et cette voix qui ne troublait pas le silence faisait vibrer son corps comme une clameur.

Il pressa son épaule contre le rocher, à un mètre de l'angle, pour s'apaiser. Et il sauta.

Le type était là. Une dizaine de mètres. Surveillant les angles d'un regard vif. Ils tirèrent ensemble. La dernière balle.

Le type porta la main à sa tête et s'appuya contre un rocher. Manu l'épaule droite inutilisable ouvrit la main et lâcha son arme. Son bras inerte le long du corps, le sang rougissant la chemise sur la poitrine, il s'avança.

Le type avait le visage ensanglanté. Il ne tombait pas. Manu pensa que la balle lui avait arraché le cuir chevelu. Ce qui revient à peu de mal et beaucoup de sang. Le type s'essuyait du revers de sa manche.

Manu s'arrêta à deux mètres.

– Restons-en là, proposa-t-il.

Il aurait voulu dire : « Le sang a coulé, c'est suffisant. » Il avait trouvé la phrase trop pompeuse.

Le type avait les yeux jaunes. Il sentait ses forces intactes. Il regarda l'épaule de Manu. Il sortit de sa poche un objet long et mince et appuya sur un petit bouton. Une lame, étroite et pointue comme une aiguille, jaillit dans le soleil. Son déclic crispa le visage de Manu.

De sa main gauche il arracha fébrilement son poignard de l'étui accroché à sa ceinture. Le sang coulait sur le côté droit du visage du type. Il en avait le front barbouillé. Il pencha son corps lourd en avant, les bras écartés, les veines du cou gonflées. Il allait achever son travail, comme un ouvrier consciencieux.

Manu recula lentement, plus vite, et il s'enfuit entre les rochers, un tambour derrière les tempes.

Le type entama une poursuite pesante, inéluctable.

Lorsque Manu sortait des passages étroits, entre les rochers, pour courir autour du terrain il voyait la silhouette des arbitres. Ils savaient que les six balles étaient tirées. Ils ne se protégeaient plus. Ils se dressaient à quelques mètres des angles, en retrait, et Manu sentait leurs regards méprisants s'attacher à sa fuite.

Ce n'était plus l'attente. C'était la course. La protection. Le soleil était haut, incendiaire. La musique le portait, le saisissait sous les bras. Il jetait des regards en arrière, laissait le type s'approcher et repartait de plus belle. Son épaule s'engourdissait. Il ne pouvait pas remuer le bras et il pouvait à peine fermer la main. Les doigts étaient lourds.

A un moment il crut entendre des injures proférées par le type. Il s'arrêta, se retourna et marcha à sa rencontre. Le type s'arrêta, écarta ses jambes. Ses yeux jaunes injectés de sang attendaient le corps à corps. Manu fit volte-face et reprit sa course.

Il voyait la montagne, les pentes d'abord douces et puis très droites. Sur ce terrain il aurait tué le type, même avec ce bras en moins. Il voyait les pentes avec la végétation rabougrie et tenace dont les racines faisaient éclater les parois rongées par la pluie et le soleil.

Le type l'aurait suivi sur n'importe quel terrain

tellement il avait envie de le tuer. Mais les arbitres, les piquets, cette clôture de regards, veillaient sur leur ami, leur frère peut-être... Manu n'en savait rien, il ne connaissait rien du forcené lâché sur ses traces.

A côté du terrain, au bord du ravin qui rejoignait la mer, des rochers hauts d'une centaine de mètres, à la forme fantastique, attiraient Manu comme un aimant.

Rouges, paysage d'Apocalypse, ils ressemblaient à des animaux préhistoriques, figés, hideux.

Sauf un, le dernier, qui ressemblait à un aigle. Manu prenait de l'avance sur la longueur du terrain et s'arrêtait deux secondes pour le contempler sans bouger.

A la longue, la grande aile repliée, la grande aile de pierre, frissonnait un peu. Et le bec, le bec acéré qui ouvre la gorge des victimes. La gorge. Manu ne pouvait plus fermer sa main droite.

Il n'y avait plus que la musique, le bec de l'aigle, le soleil et le trottinement de la poursuite. Il laissa approcher le type. Il entendit sa respiration. Il soufflait ferme.

L'aigle, le bec et les gorges ouvertes... Il y avait de la poussière. Le sol était sec. Son épaule l'enfiévrait.

Il affermit son poignard dans sa main gauche. Il se donna encore deux tours, deux visions de l'aigle, de sa cruauté, deux visions de cet égorgeur.

Il agrippa son poignard à la garde. Il le tenait au milieu. Il avait la garde dans la paume de sa main. Il sentait un peu du manche et de la lame.

Il se retourna, au bout de la longueur, avec l'aigle à sa droite, à vingt mètres.

Il courut vers le type. La musique lui gonflait le cœur. Le type attendait, dans une posture que Manu connaissait bien.

A trois mètres de lui Manu lui envoya son poignard en pleine figure. Il ne l'avait pas lancé pour qu'il se plante. Il l'avait lancé pour qu'il heurte à plat, sur toute sa surface, manche et garde compris.

La garde atteignit le type sous l'œil, le manche toucha le front et le nez entre les deux yeux, la lame frappa la joue et la mâchoire. Le type bascula en arrière.

Manu tomba sur lui, la main gauche se refermant autour de la gorge. A l'extrémité de la trachée-artère. Le pouce d'un côté, les quatre doigts de l'autre.

De son pied gauche Manu pesait sur le poignet droit du type qui essayait de dégager ce poignet armé de la longue lame. Il ne pouvait lever le bras. Il ne pouvait que racler le sol de droite et de gauche. Manu suivait le mouvement avec sa jambe.

Son genou droit écrasait le bras gauche du type. Et il serrait la gorge, amenuisant l'arrivée d'air. Il appuyait sa tête contre le sol, entre l'épaule et la tête du type. Et cet appui lui donnait davantage de force pour serrer.

« Tenir ses bras et serrer, pensait Manu. Serrer... » Sa jambe gauche fatiguait. Il était obligé de tendre tous les muscles pour empêcher la main armée de se dégager et de le poignarder dans le dos.

Ses doigts se rejoignaient presque autour de la conduite d'air. Dans un sursaut, le type dégagea son bras gauche et sa main s'accrocha au pouce de Manu. Manu serra, serra...

Le type ne voulait pas mourir. Millimètre par millimètre il écartait le pouce. Il voulait respirer. Manu sentit sa main s'ouvrir. Il releva la tête et planta ses dents comme un loup dans la main du type. Sous la douleur, il lâcha le pouce de Manu et ce pouce s'enfonça à nouveau dans la chair de la gorge.

Manu bavait, les lèvres retroussées pour conserver sa prise de dents. Le type râlait mais son corps ne s'amollissait pas. Il donna un coup sec et dégagea la main qui tenait le couteau. Manu leva la jambe et rencontra l'avant-bras avec son pied. Il appuya pour ramener le poignard vers le sol. Le type résista.

Manu serrait la gorge. Il ne sentait plus la gorge. Il ne pouvait serrer davantage. Ses doigts s'incrustaient dans la chair.

Le type dégagea son bras. La jambe de Manu était comme morte. Le type leva son bras. Manu tordit le visage pour voir. Il avait un goût de sang dans la bouche. Ce n'était plus qu'une bête avec de la viande dans la gueule.

Le couteau brilla au-dessus de lui. Il eut un éblouissement. Laurent disait que personne ne pourrait avoir Manu.

La musique était forte, comme elle l'était à la fin du disque, avant l'éclat de la dernière mesure. Elle venait de Porto, de la maison sous les fleurs, du côté d'Hélène, de Porto dont il avait dit « qu'il était inutile d'aller plus loin ».

Il aurait voulu desserrer sa main autour de la gorge et saisir le poignet armé. Il ne pouvait plus desserrer sa main. Elle était de pierre comme le bec de l'aigle.

Le bras du type était à la verticale. Il y demeura une seconde. Manu tenta d'effacer son corps. Il ne sentait plus son côté droit. Il appuya sa tête épuisée contre le corps du type, la bouche sur la main, les yeux fermés. Le bras du type retomba en arrière et le couteau tomba loin du corps des hommes.

Les deux corps, l'un sur l'autre, ne bougeaient plus. Les autres hommes se décidèrent à s'approcher. Ils se penchèrent, retournèrent le corps de Manu. Il était inerte. Ils se mirent à deux pour desserrer ses doigts autour de la gorge et ses dents plantés dans la main.

Les deux corps étaient allongés sur le dos. Les témoins s'agenouillèrent. Un homme sortit une gourde d'alcool. La bouche de Manu était fermée.

Ils écartèrent les lèvres et l'alcool coula. La bouche de l'autre était grande ouverte. L'alcool y coula d'abord comme dans un trou et ressortit, coulant sur le bas du visage.

Le type était mort. Manu remua. Ils l'adossèrent contre un rocher. Il ouvrit les yeux. Il voyait le corps du type, et les chaussures et les pantalons des autres. La musique ne jouait plus. Des oiseaux criaient dans le ciel.

Les hommes enroulaient le corps dans une bâche. Manu se redressa péniblement. Joseph Paoli lui rendit son revolver. Il le prit. Le visage des hommes était impénétrable. Joseph Paoli regarda l'épaule de Manu.

– Ça ira, murmura Manu.

– Chacun a eu sa chance, dit un homme.

Les lèvres de Manu tremblèrent. Il n'avait pas voulu d'un combat de cette sorte. Il avait proposé à l'autre d'arrêter. Il n'imaginait pas qu'un jour il gagnerait la liberté d'Hélène en tuant un homme qui voulait venger ses chiens. Il voulut dire quelque chose à Joseph Paoli.

– J'ai pas voulu ça, dit-il dans un souffle.

Joseph Paoli entendit. Il se tenait près de lui. Les autres attachaient la bâche à chaque bout. Il regarda paisiblement Manu.

– Adieu, lui dit-il.

Un homme était parti devant, en éclaireur. Trois autres portaient le corps sur leurs épaules : un au centre, un à chaque bout. Joseph Paoli fermait la marche.

La toile de la bâche était vert foncé, presque noire. Manu, livide, regarda disparaître ce grand corps d'homme. Il était midi.

XII

D'un bras, à vingt kilomètres à l'heure, sans pouvoir passer la deuxième vitesse, il avait couvert les quelques kilomètres de descente et de virages, qui le séparaient d'Hélène.

Il n'avait pu enfiler sa veste. Elle était jetée sur ses épaules. Hélène vit la chemise brunie et raidie par le sang séché. Elle recula, les mains derrière le dos.

– Ce n'est rien, dit Manu.

Il s'allongea sur un lit et lui ordonna d'apporter des bandes, de l'eau chaude, des ciseaux et du coton.

La mâchoire crispée, les mains hésitantes, elle coupa et décolla la chemise. Le sang se remit à couler. Elle n'osait pas laver la plaie. Manu lui arracha le coton des mains et nettoya la plaie, au-dessus du pectoral, sur le deltoïde.

– Et derrière? demanda-t-il.

Elle regarda. Aucune trace de blessure.

— Tu n'as rien, dit-elle sur le ton de la bonne nouvelle.

La balle était dedans. Loin peut-être. Il fallait sonder.

— Va chercher quelque chose de long et de mince.

Elle apporta une aiguille à tricoter. Il lui demanda de la passer à la flamme. Il s'empara des ciseaux. Il tordit le cou pour voir la plaie.

— Moi j'écarte un peu et toi tu enfonces doucement l'aiguille jusqu'à ce qu'elle touche la balle, ordonna-t-il.

Il écarta avec les ciseaux. Elle tenait l'aiguille de la main droite et, de sa main gauche, elle se tenait le poignet droit. Elle présenta le bout un peu arrondi, au bord de la plaie.

Manu regardait le bout de l'aiguille. La sueur ruisselait de son front et brûlait ses yeux. Il vit l'aiguille basculer et tomber sur sa poitrine. Il y eut le bruit mou de la chute d'Hélène sur la carpette.

Manu abandonna les ciseaux et se redressa. Le sang perlait autour de la plaie. Il tira Hélène contre un meuble et la gifla. Elle gémit. Il l'aspergea d'eau. Elle ouvrit les yeux et bégaya le nom de Manu. Il lui caressa les cheveux et la joue.

— Ne t'en fais pas. Ferme les persiennes et laisse-moi dormir un peu, dit-il.

Il s'allongea, la tête très basse. Ses veines charriaient du plomb fondu.

La fièvre l'éveilla en fin d'après-midi. Hélène, assise sur une chaise, près du lit, le regardait. Il vit ses grands yeux, dans la pénombre.

– Allume, dit-il.

Sa plaie était d'un rouge violacé. Il palpa son aisselle. Il sentit une petite glande, réaction naturelle de l'organisme contre l'infection. Il avait connu pire.

– Je peux aller chercher un médecin. Je lui dirai que c'est de ma faute. Que j'ai joué avec une arme. Que c'est un accident... dit-elle très vite.

Elle était torturée par son manque de courage physique, son inutilité.

– Non, trancha-t-il.

Elle pensa qu'il refusait en fonction des autres. Pendant qu'il dormait elle avait tout supposé. Elle n'était certaine que d'une chose : il n'avait pas vu Pao.

– Et... les autres? murmura-t-elle.

– Ils savent ce qu'ils font. De leur côté on n'entendra jamais parler de rien. Du nôtre, il faut que ça soit pareil (elle avait rivé ses yeux aux lèvres de Manu. Il pensa que c'était une pauvre gosse angoissée. Mais il n'avait pas le droit de préciser les événements)... C'est ce jardinier. Il paraît que les chiens étaient à lui. C'est tellement idiot tout ça que j'aime mieux plus en parler... ajouta-t-il.

Elle ferma les yeux. Elle commençait à croire dans un avenir meilleur.

– Tu vas me conduire à Ajaccio. Je connais un type qui enlèvera cette satanée balle.

Il se versa une rasade d'alcool et emporta la bouteille.

Elle stoppa, en pleine nuit, devant la plage de Toussaint Bartoli. Manu descendit avec une lampe-torche et pria Hélène d'attendre au volant.

En octobre il y a de belles journées tièdes mais la nuit est fraîche. Manu éclaira les branches de l'eucalyptus. Galinetti n'y était pas.

Manu contourna les barrières et foula le sable, devant les cabines. L'été, même la nuit, il y avait trace de vie (le matériel, une cabine mal fermée des tables).

Ce soir, pas de vie. Les petits bâtiments étaient clos jusqu'à l'année prochaine.

Manu les longea et se trouva face à la crique. La grande barque de pêche de Galinetti était posée sur l'eau, à trois mètres du bord.

Manu promena le faisceau de la lampe. Une toile était tendue au centre de la barque, d'un bord à l'autre. Manu lança quelques pierres. La toile bougea. Une tête apparut et le corps entier de Galinetti.

– Hé... l'homme libre, dit Manu assez bas.

Il s'éclaira pour que Galinetti le reconnaisse. Il

avait le bras en écharpe pour soulager l'épaule blessée. Utilisant une rame comme une perche, Galinetti approcha la barque et sauta sur la grève.

– Toussaint est à Nice et Auguste à Paris, dit-il.

– Et nous on est là et moi j'ai l'épaule sucrée.

Galinetti lui prit la lampe des mains et se pencha.

– Bon, dit-il entre ses dents.

Il ramassa des objets sur le bateau et se dirigea vers le bâtiment-cuisine de la plage, faisant signe à Manu de le suivre.

– Toussaint me laisse les clefs et il me dit chaque fois que je ne dois jamais ouvrir sauf en cas d'incendie et d'inondation, dit-il en ouvrant la porte.

Il brancha l'électricité.

Manu s'allongea sur la table de la cuisine. Elle était courte. Ses jambes pendaient. Galinetti lui glissa une planche sous la tête et aligna des instruments de toutes les formes issus d'une expérience de pêcheur.

Il alluma le gaz. Manu ferma les yeux. Il entendit couler de l'eau.

– Dehors, dans une 403 décapotable il y a une femme. Dis-lui qu'elle ne s'en fasse pas.

Galinetti alla jusqu'à la voiture. Hélène attendait dans le noir. Elle le regarda et s'écarta un peu du côté opposé. Elle ne le connaissait pas. Elle avait peur.

– Manu vous fait dire de pas vous en faire. Vous avez qu'à attendre, dit-il d'une voix neutre.

— Merci...

Elle soupira profondément et se sentit petite et humble. Il retourna à sa chirurgie. Il attacha un morceau de bois rond au bout d'une corde et enroula la corde autour d'un gros tuyau. Il tendit le morceau de bois à Manu. C'était une fraction de manche à balai.

— Tu tires sec, ça fait du bien, dit-il.

Manu enroula ses doigts autour du manche. Galinetti enfonça dans la plaie un truc à remailler les filets. La corde se tendit.

— Elle est à ça... (du pouce il délimitait une longueur sur son bout de ferraille).

Il prit un dégorgeoir qui lui servait à extraire les hameçons du ventre des poissons voraces. Il passa le dégorgeoir sur la flamme du gaz.

Il prit aussi un deuxième truc en bois, pour écarter. Il se pencha. Il y voyait bien.

La corde se tendit en vibrant. Galinetti se redressa. Le dégorgeoir était planté dans l'épaule. Il s'essuya les mains et le visage. La corde touchait le sol.

— Elle est derrière. J'ai plus qu'à tirer, dit-il.

Il regarda Manu. Près du nez les yeux s'enfonçaient dans le crâne. Il ouvrit une armoire et déboucha une bouteille. Il inclina le goulot sur la bouche de Manu. Il attendit et le fit boire encore. Il posa la bouteille sur le sol, s'essuya les mains et se pencha sur le dégorgeoir.

La corde se tendit faisant tinter le tuyau. Et le bras de Manu retomba.

Galinetti lui frictionna les tempes. Il ouvrit les yeux. Il lui donna de l'alcool. La balle était venue un peu et ça faisait saigner autour.

Galinetti épongea et plaça un morceau de liège entre les dents de Manu. Il avait entendu dire qu'en tournant de l'œil on pouvait se couper la langue et l'avaler. Il savait retirer une balle, mais pour récupérer la langue au fond de la gorge il se trouverait bien embêté.

Il se pencha sur le dégorgeoir. Manu repoussa le liège qui tomba. Ça lui rappelait la main de l'autre.

Galinetti ramassa le liège et voulut le replacer. Manu secoua la tête. Galinetti voulut lui dire que s'il avalait la langue il ne pourrait rien faire, que la langue ça étouffe trop vite. Mais il ne dit rien et se pencha sur le dégorgeoir.

La corde se tendit, le bras retomba, il versa de l'alcool et ainsi de suite jusqu'à avoir la balle dans le creux de la main. Il l'essuya. Elle brilla.

— Tu la gardes? demanda-t-il.

— Non, fit Manu d'une voix éraillée.

Galinetti ouvrit la porte et lança la balle dans la mer. Elle y tomba sans bruit.

Il pansa Manu et le banda fortement. Manu s'assit sur la table. Galinetti lui conseilla de s'allonger encore cinq minutes et sortit. Il s'approcha de la voiture. Il y avait bientôt deux heures qu'Hélène attendait.

— Ça va bien. Il repose un peu, dit-il.

— Oh! merci... merci... répéta-t-elle.

Il se dandina d'une jambe sur l'autre et s'éloigna. Il regarda la mer. A l'aube il ne pêcherait pas au large de la pointe. Il pêcherait un peu à l'intérieur.

Manu, chancelant, sortait de la baraque.

— Tu boufferas quelques cachets et du poisson en pagaille et puis ça ira, dit Galinetti.

— Tu sais, chez moi ça se referme vite.

Galinetti acquiesça. Il savait que certains hommes avaient besoin que ça se referme vite. Ça faisait partie de leurs bagages.

— J'ai acheté une maison à Porto, sur la lagune. Y a ta chambre et tes pieds sous la table autant que tu voudras.

— J'y penserai.

— T'as toujours le voilier?

— Toujours.

— Je vais changer un peu d'air avec cette femme. Tu nous poses à Nice?

— Pourquoi pas. (Il marqua un temps d'arrêt.) Le plus court c'est L'Ile-Rousse-Nice.

— On partirait d'un coin tranquille d'à côté de L'Ile-Rousse. D'Algajola, tu connais?

— Avec le château sur le rebord?

— T'as du fond juste avant. On avait amarré là avec, le dix-huit mètres.

– On est jeudi (il compta sur les doigts). Lundi tu iras mieux. Alors lundi au lever, ça va?

– A lundi.

Il offrit la main gauche et rejoignit Hélène. Il se laissa tomber sur le siège et dit d'une traite :

– Il l'a enlevée et lundi on quitte la Corse en douceur. On se retapera chez Roland.

Hélène mit le moteur en marche. Elle se sentait prise par les hanches. Elle sentait que ses hanches étaient des hanches de femme. Elle se sentait ouverte. Elle avait envie de donner encore davantage à Manu si c'était possible. Elle avait envie d'un enfant.

– Je suis heureuse, dit-elle.

XIII

La veille du rendez-vous, ils arrivèrent à Algajola. Manu avait encore le bras en écharpe. Il n'avait plus de fièvre. Hélène changeait le pansement tous les jours. Elle le changeait maladroitement et elle ne mangeait presque rien au repas suivant. La plaie était saine.

Caroccioli, le gardien du château, envoya Manu dans un hôtel fermé, à cinquante mètres du château. Le propriétaire, un Corse nommé Allegrini y habitait toute l'année. Son hôtel se composait de bungalows. Il en ouvrit un pour le couple et leur installa une table dans une salle à manger du style paillote, construite sur une terrasse, à dix mètres de l'eau. Il leur servit une cuisine familiale.

Tous les gens demandaient à Manu ce qu'il avait au bras et il répondait qu'il était tombé d'un rocher. Ce à quoi on lui répondait que chaque année des touristes tombaient des rochers.

Le maire d'Algajola, Laurent Luiggi, accueillit

chaleureusement Manu qui présenta Hélène comme étant sa femme.

Manu expliqua qu'ils avaient une maison à Porto. Luiggi pensa que la tombe de l'ami sur la terre de Corse, à Aregno, y était pour quelque chose. Il pensa que le culte des morts, hautement pratiqué en Corse, était un bel exemple. Toute la Corse était piquetée de tombeaux, en dehors des cimetières. Petites constructions éblouissantes de blancheur, face à la mer, dans une verdure soigneusement taillée, orgueil des clans qui, au-delà de la vie, ne se mêlaient à personne.

Manu déposa chez Luiggi la clef de la voiture et les papiers, que le loueur de voitures devait prendre le lendemain après leur départ. La voiture resterait devant la porte du château. Luiggi parla encore du château, ancienne caserne génoise du XVIe siècle. Il refit l'historique du village. Il répéta son âge; il était né en 1873.

– Reposez-vous, conseilla Manu.

– Eh! c'est qu'ils ne veulent pas, dit-il avec humour.

Maire de 1935 à 1942. A cette date, débarqué par la gauche. En 1946 retour par le suffrage. Il se retira en 1953 et en 1958 on le supplia de revenir.

Il était le seul homme à réunir la confiance de tous. Il parla des querelles corses.

– Ils restent vingt ans sans se parler. Alors je leur

dis, si vous ne vous parlez pas comment voulez-vous que ça s'arrange?

Avant de prendre congé, Hélène lui demanda si la Corse avait beaucoup changé.

– Pas les montagnes, ni la mer, sourit-il. Ce sont les gens... (Il réfléchit, la tête un peu basse, et la releva pour regarder Hélène.) Quand j'étais jeune on se réunissait sur la place de l'église avant la messe. On voyait de suite celui ou celle qui manquait. On se renseignait, et si c'était un qui habitait seul, on allait chez lui pour voir, en cas d'un accident ou de maladie. Aujourd'hui...

Il n'acheva pas sa phrase. Il l'avait terminée d'un geste vague du bras. Il accompagna les visiteurs jusqu'au seuil. Il portait toujours son gilet de laine soigneusement boutonné. La chaîne de sa montre barrait sa poitrine. C'était la montre de son père.

Hélène et Manu finirent la journée chez les gardiens du château. Hélène trouvait le château inoubliable. Les gardiens parlaient de toute la compagnie venue en vacances.

Maintenant il y avait le silence de l'automne. Une saison douce avec une mer d'huile. Caroccioli était toujours tailleur de pierres.

De la terrasse ils virent le soleil se coucher. Avant de toucher l'eau il fut englouti dans une zone sombre. Et cette zone sombre s'incendia pardessous, au ras de l'eau. Le rouge s'étira à l'horizon en bandes latérales. Ils virent le rouge longtemps, à la fin du ciel.

Il tenait Hélène par le bras de sa main valide.

— Il y a plusieurs mois on a débarqué ici avec Roland. On a ramené un ami pour l'enterrer dans son village.

Il ne dit rien de plus mais le son de sa voix ne s'éteignait pas. Il flottait dans la nuit, autour d'eux.

C'était un bateau solide et fin qui ressemblait comme un frère à l'autre bateau. Les gosses du village croyaient que c'était le même.

Il y avait une large planche qui reliait le pont à un rocher plat. Hélène portait une valise légère et Manu un sac de voyage. Hélène était en pantalon. Le reste était un équipement chaud pour la traversée.

Galinetti se trouvait sur le pont. Il prit les valises.

— Y a une personne qui ne te veut pas de mal et qui voudrait te parler avant que tu partes, dit-il à Manu.

Hélène était près du roof. Elle regarda à l'intérieur. Elle vit la sœur de Pao et reconnut la silhouette de Pao. Il tournait le dos à l'entrée. Hélène recula, glacée. Elle recula jusqu'à la planche.

Elle avait envie de crier. Elle posa un regard traqué sur Manu et partit comme une folle en direction du château.

Manu, cloué sur place, la regarda s'éloigner, regarda Galinetti et l'entrée du roof.

– C'est Pao... En Corse personne a rien à lui refuser. Et j'ai sa parole que c'est pas pour le mal, répéta Galinetti.

Manu hésita une seconde et pénétra dans le roof.

– Bonjour, dit la sœur de Pao en regardant le bras en écharpe.

– Bonjour, murmura Manu.

Pao se retourna. Il était de taille moyenne. Il avait les épaules larges. Il portait un masque en cuir sur le visage. Le masque prenait tout le visage et se terminait par une calotte qui recouvrait les cheveux. Il avait les mains dans les poches.

– Fantômas, plaisanta Manu.

Pao sortit les mains de ses poches. Ses mains étaient remplacées par des pinces en acier. Un peu comme la grosse pince d'un crabe.

Pao les manœuvra. Manu entendit un cliquetis de métal. Pao essaya d'attraper le masque avec ses pinces. Sa sœur le devança et enleva le masque. Elle regarda le visage de son frère avec tendresse.

Sur une moitié de crâne il avait quelques cheveux incolores, clairsemés. Ils donnaient l'impression d'avoir été repiqués. L'autre moitié du crâne était défoncée. Les plaques métalliques des trépanations se touchaient.

Son front était rose. Une drôle de greffe tendue et rose comme du caoutchouc. Une peau qui ne respirait plus, comme celle des brûlés, sans pores. L'œil gauche était clos. Disparu. La joue semblait toucher le front. L'œil droit était bas. On voyait le rouge de la paupière inférieure. L'œil vivait. La paupière supérieure battait sans cesse. Il n'avait plus de cils ni de sourcils.

A la place du nez tout était cabossé. On ne voyait que deux trous cerclés de métal à plat. La bouche était petite et ronde avec une longue couture sur le côté, jusqu'à l'oreille. Le menton était énorme et rose, comme le front. Il avait de la chair boursouflée à la place des oreilles.

L'âme de Manu reculait. Il était saisi d'un bégaiement interne.

– C'est un souvenir d'Hélène Gambourgasse, dit Pao.

La voix n'était qu'un nasillement informe, comme le reste. Manu avait l'impression qu'elle sortait à la fois de la bouche et d'une oreille, celle de droite. Il avait l'impression que la voix n'était pas dirigée par les organes et qu'elle se baladait comme un cauchemar.

Sur la petite table du roof il y avait une liasse de papiers pliée en deux. Pao fit un pas vers la table, heurta un tabouret et s'appuya sur la table. Une des pinces cliqueta. Manu se souvint du bruit de la chute d'un corps, dans la villa, avec celui d'une chaise et le cliquetis du métal.

Il n'avait vu que le visage de Pao. Le corps devait avoir ses faiblesses et Pao tombait en essayant de se raccrocher à un meuble. Il y avait des jours où il devait se sentir mieux. Ces jours-là il ne tombait pas.

Pao poussa les papiers vers Manu qui les déplia. Il avait le bras valide en coton.

Avec ces papiers n'importe quel tribunal aurait traîné Hélène devant un peloton d'exécution pour intelligence avec l'ennemi.

– C'était à Lyon. Son frère était dans le même réseau de résistance que moi. On se voyait souvent chez lui...

Le nasillement pinçait les nerfs de Manu. Il avait le dos en sueur. Le nasillement n'avait pas de nuance, pas d'inflexion.

– Elle était fière et cultivée. Elle avait de la race. On voyait qu'elle deviendrait une grande dame...

Manu ne pouvait plus regarder son visage. Il regarda la sœur. Elle semblait moins triste, moins lointaine. La vengeance de son frère atteignait son terme et lui rendait la paix.

– ...rien ne l'obligeait. Elle aurait pu faire autrement. Elle n'a même pas reçu une gifle. Il y avait eu un attentat dans sa rue. La police allemande avait questionné, chez eux, les gens dont la fenêtre donnait sur la rue. C'était pour savoir l'heure et si des gens avaient vu quelque chose...

Manu serrait les papiers. La sœur de Pao regarda la lampe tempête suspendue au plafond du roof.

— ...elle a eu peur. Elle s'est mise à parler des gens qui venaient chez ses parents. Elle est devenue servile. Le frère a été tué à l'arrestation. Les parents ont juré qu'ils ne savaient rien. Elle connaissait un ou deux bistrots. On a toujours des habitudes, tu sais ce que c'est...

Le tutoiement ajoutait à l'intolérable. Manu ferma les yeux. Il avait les jambes raides.

— ...elle m'a désigné du doigt et ils se sont jetés sur moi... je ne me suis jamais tué à cause du camarade qui m'a aidé à m'évader et qui est mort ensuite... Deux ou trois ans après la guerre ils ont eu fini de me rafistoler. Alors avec l'aide de mes amis et de ma famille on a retrouvé cette femme. Je n'avais pas porté plainte. On est mieux servi par soi-même... elle a d'abord signé tous les papiers que j'ai voulus... en la regardant j'ai su comment il fallait que je me venge... elle était tellement hautaine et tellement lâche que j'ai préféré la laisser vivre. En la soumettant, là où tu l'as connue. Quand ça me prenait elle était obligée de me regarder. Je me tenais devant elle une heure ou deux. Ça me faisait du bien. ... Et tous les jours les hommes la souillaient.

Il prit son masque entre ses pinces et sa sœur le lui réajusta.

— On a pensé qu'elle se tuerait. Pao attendait toujours qu'elle se tue, dit la sœur.

Elle aussi elle y avait cru. Au bout de l'écœurement, Hélène ne s'était pas tuée. Vers la huitième année, un peu avant Manu, les bergers les plus sales l'avaient possédée.

— Je ne veux pas aller contre la vie, dit Pao...

Le nasillement, étouffé par le masque, semblait sortir d'une cave.

— ...puisqu'elle a trouvé quelqu'un capable de faire tout ce que tu as fait, elle est à toi. (Il avait remis ses pinces dans ses poches) ... On m'a dit que tu savais te battre...

Les insultes à Joseph Paoli, l'assassinat des chiens, l'agression dans la villa, la sœur attachée avec des cordes dans la villa de l'aîné martyrisé; les images défilaient...

— ...les papiers aussi sont à toi...

Manu les déchira lentement. Il ne voyait plus l'œil de Pao. La sœur regarda les petits morceaux de papier. Elle acquiesça de la tête.

— ...il ne reste plus qu'à savoir si, toi, tu pourras vivre avec...

Dans la petite cabine l'air s'alourdissait. La sœur s'était rapprochée du frère.

— ...pour le duel, c'est à cause des autres. Ça n'était pas dans mes idées. Mais ils m'ont juré qu'ils ne le faisaient ni à cause de moi, ni de toi, ni de la femme, mais à cause des chiens. C'était de l'enfantillage. En Corse il y en aura toujours (il émit un affreux toussotement) mais ce duel a tout changé... j'ai abandonné l'idée de la poursuivre pour qu'elle vive mal, qu'elle vive dans la peur... avec toi il y aurait eu un massacre... c'est ça qui m'a obligé à venir te parler aujourd'hui...

– Même si vous étiez mort on ne l'aurait pas reprise. Il faut laisser faire les choses, dit la sœur.

Manu voulut prendre la parole. Sa gorge s'y refusa.

– ...si, toi, tu peux vivre avec elle, ça sera la fin de ma vengeance. Ça voudra dire qu'elle a payé. Et si tu ne peux pas c'est qu'il lui reste encore à payer... ma sœur dit qu'elle t'aime... c'est possible... elle a un cœur comme tout le monde... et si tu ne peux pas vivre avec...

Manu s'effaça pour libérer la sortie. La sœur passa la première. Pao suivit. Manu les retrouva sur le pont. Galinetti attendait, sur le rocher, près de la passerelle.

Pao orienta son masque vers Manu. Il s'approcha tout près. Manu n'osa ni reculer, ni baisser les yeux.

– ...tu lui diras que je ne lui pardonnerai jamais mais que je ne lui en veux plus...

Il s'écarta et franchit la passerelle. Manu posa instinctivement la main sur le bras de la sœur. Elle le regarda dans les yeux. Elle avait le regard d'une femme courageuse.

— Je regrette tout ça, dit-il d'une voix blanche.

— Je vous crois, dit-elle.

Il enleva sa main et elle rejoignit son frère. Ils étaient venus par la mer. Ils rentreraient dans la voiture qui les attendait déjà au village.

Manu aspira de l'air, beaucoup d'air et quitta le bateau. Galinetti l'attendait près du château.

– Elle est sur la voie ferrée, dit-il simplement.

Il courut. Après un tournant, il vit son corps en boule, entre les rails. Il la prit sous le bras.

— Allez, viens, dit-il.

Le train n'était pas passé. Ce n'était pas de sa faute si elle vivait encore. Elle n'avait pas eu un courage plus grand que celui de se recroqueviller et d'attendre entre les rails. Son corps était vide. Elle n'osait même pas penser.

Il la ramena sur le bateau et l'obligea à le regarder.

— J'ai déchiré les papiers, dit-il.

Elle s'accrocha après ses épaules. Elle l'aimait tellement.

– J'étais jeune... j'étais jeune... ils étaient nombreux... on disait qu'ils étaient cruels... j'ai cru qu'ils savaient tout... je n'ai pas voulu qu'ils se fâchent... ils ne disaient rien... je n'ai pas pu supporter leur silence... et si on commence à parler on ne peut plus s'arrêter... on ne peut plus s'arrêter!...

Elle hoquetait en cherchant sa respiration. Son visage était boursouflé.

Manu pensa à l'excuse de tous les délateurs. Eux aussi « ils ne pouvaient plus s'arrêter ». Chaque fois qu'il avait rencontré un délateur il avait comparé son visage à un mal blanc. Il regardait les délateurs et pensait que le pus ferait éclater la peau de leur visage et dégoulinerait de leurs yeux, leur bouche, le long de leur corps et que les populations s'écarteraient d'eux.

– Il m'a dit de te dire qu'il ne te pardonnerait jamais mais qu'il ne t'en voulait plus...

Elle sentit ses yeux se dilater, lui sortir de la tête. Manu parlait comme pour dire adieu. Elle voyait les lèvres de Manu s'approcher et puis s'éloigner, happées par une force invisible. Elle eut envie de vomir et glissa à ses pieds.

Manu fourra des billets dans les mains de Galinetti.

– Pour elle et pour ton voyage... Tu la déposeras n'importe où, en Italie, en Grèce, en France, n'importe où. (Il ajouta :) Va-t'en vite...

– Tu veux que je t'explique pour Pao?...

– A quoi bon, répondit Manu. Et il sauta sur les rochers.

Il remonta jusqu'au château, s'adossa à la base du grand mur et regarda le cotre se décoller du rocher.

Il lui sembla qu'Hélène remuait. Avec la distance,

il ne savait plus. Le bateau fuyait le rivage. Le vent apporta des sons, comme un écho.

— MA... NU... SSE... PAS... NU... AI... SSE... PAS... NU... PAS... A... NU... PAS...

Il avait été voir Georges à Paris, dans le quartier juif et il avait visité ce musée des horreurs, cette cuisine à la chair humaine.

Pourquoi Georges avait-il trouvé du travail dans le quartier juif et pas ailleurs? Rien n'était perdu. Et surtout pas sa haine des délateurs. Depuis l'école maternelle il haïssait les délateurs. Cette obsession préparait sans doute la rencontre avec Hélène. La vie plaisantait.

Rien n'était perdu. Aucun acte bon ou mauvais, aucune pensée bonne ou mauvaise, rien n'était emporté par le vent, rien ne se perdait sur cette terre. Il n'aurait pu l'exprimer clairement. Il le savait pour lui. Il sentait combien il était faux de croire que les actes et les pensées de tous les hommes ne faisaient pas partie du même orchestre. L'écho... l'écho résonnait pour tous. Et ça faisait un drôle de tintamarre. Sur ce rocher contre le mur de ce château, il en avait plein la tête de ce tintamarre.

Avec la mer qui s'infiltrait sous les rochers et s'en écartait dans un bruit de succion, comme un sanglot.

– Peut-être qu'il faut passer par tous les chemins, lui avait dit un type et il y avait longtemps de cela.

Il essaya de se souvenir du visage exact de ce type et n'y parvint pas. Il se souvint simplement que ce type n'était pas jeune.

– C'est pour mon ami. Est-ce que ça sera possible?

C'était le premier soir, devant la sœur de Pao. C'était la voix d'Auguste. Manu ne s'arrêta pas à Paris. Il n'avait rendez-vous avec personne.

La capote de la voiture était baissée. Il ne roulait pas vite. Il conduisait par automatisme. Il tenait le volant en haut et il appuyait ses avant-bras sur le volant. Il inclinait le buste en avant comme on le fait les jours de brouillard, de grandes pluies ou de neige.

Il rentra tout doucement dans le parc de Roland. Jeanne entendit et sortit. Il descendit de voiture. Elle s'avança.

– La route est longue pour venir jusqu'ici, dit-elle.

– Oui... très longue. Mais j'ai un bon cheval. (Il tapota le capot près du pare-brise.)

Elle pensa qu'il allait lui demander où était Roland, mais il posa les mains sur ses épaules et l'embrassa légèrement sur les joues.

– Vous... vous allez bien? demanda-t-elle. Elle ne lui connaissait pas ce regard.

– Très très bien.

– Roland est au garage, sur la grève. Il change le moteur de la barque.

Il glissa son bras sous le sien et l'entraîna dans cette direction. Ils passèrent devant la maison de Muriel. Elle était fermée. Il regardait les volets.

– La tante va toujours à Paris, à cette époque, pour une quinzaine. Muriel reviendra pour les fêtes du nouvel an.

Il pensa à la jeune fille. Il l'imagina avec une robe, des bas, des talons hauts. Ça devait lui donner de l'importance. Il pensa qu'elle avait l'âge de porter un enfant dans une nacelle de muscles. Il pensa très vite que ça n'avait rien d'extraordinaire et que toutes les filles en étaient là.

Roland salua son ami comme s'il l'avait quitté la veille. Et il parla de son moteur et de l'avantage qu'il représentait pour la pêche. Il avait les yeux pleins de joie.

Il y avait du vent. Jeanne appliquait ses mains sur sa jupe. Manu avait l'impression que la jupe ne se plaquait pas complètement. Il se demanda si Jeanne n'était pas enceinte? Il s'étonna de penser subitement à la fécondité des femmes. Il n'y avait guère pensé jusqu'à présent. Il ne se souvenait même pas d'avoir rencontré une femme désireuse de lui donner un enfant. Quand elles veulent ça elles doivent le dire, pensa-t-il.

Roland avait bouclé la porte du garage. Il regardait Manu. Il ne lui connaissait pas son drôle d'air mais il était rudement content de le voir.

– Tu vois, dit-il en désignant les oiseaux de mer, quand ils montent et qu'ils piquent comme ça, tout droit, c'est signe que l'hiver ne sera pas trop dur...

Manu observa le plus grand des oiseaux. Il le vit monter et piquer tout droit. Comme on entendait de nombreux cris perçants il ne sut si le grand oiseau avait crié en piquant. Il plongeait dans l'eau, le bec en avant. Il tuait pour vivre.

Les ouvrages de José Giovanni ont été traduits en Allemagne, Australie et Nouvelle-Zélande, Grande-Bretagne, Danemark, Espagne, Finlande, Italie, Japon, Pays-Bas, Norvège, Pologne, Portugal, Brésil, Suède..., et la plupart ont été repris en édition de poche.

BIBLIOGRAPHIE

LE TROU *, Éditions Gallimard, « Hors série », 1957.
LE DEUXIÈME SOUFFLE *, Éditions Gallimard, Série Noire, 1958.
CLASSE TOUS RISQUE *, Éditions Gallimard, Série Noire, 1958.
L'EXCOMMUNIÉ **, Éditions Gallimard, Série Noire, 1958.
HISTOIRE DE FOU *, Éditions Gallimard, Série Noire, 1960.
LES AVENTURIERS **, Éditions Gallimard, « Hors série », 1960.
LE HAUT-FER *, Éditions Gallimard, « Hors série », 1962.
HO ! *, Éditions Gallimard, « Hors série », 1964.
MEURTRE AU SOMMET, Éditions Gallimard, Série Noire, 1964.
LES RUFFIANS *, Éditions Gallimard, Série Noire, 1969.
MON AMI LE TRAÎTRE *, Éditions Gallimard, « Hors série », 1977.
LE MUSHER, Éditions Gallimard, « Hors série », 1978.
LES LOUPS ENTRE EUX *, *avec la coll. de* Jean Schmitt, Éd. Jean-Claude Lattès, 1982.
UN VENGEUR EST PASSÉ, Éditions Jean-Claude Lattès, 1984.
LE TUEUR DU DIMANCHE *, Éditions Gallimard, Série Noire, 1985.
TU BOUFFERAS TA COCARDE, Éditions Jean-Claude Lattès, 1987.
IL AVAIT DANS LE CŒUR DES JARDINS INTROUVABLES, Éditions Robert Laffont, 1995. Prix Paul Léautaud.
LA MORT DU POISSON ROUGE, Éditions Robert Laffont, 1997. Prix Charles Exbrayat.

* *Roman ayant été adapté au cinéma (ou pour la télévision).*
** *Roman ayant été adapté deux fois au cinéma.*

FILMOGRAPHIE

Scénariste-dialoguiste pour...

LE TROU, adaptation du roman en coll. avec Jacques Becker et Jean Aurel, réalisé par Jacques Becker, avec Michel Constantin, Philippe Leroy, Marc Michel..., musique de Jean Wiener, 1960.

CLASSE TOUS RISQUES, adaptation du roman en coll. avec Claude Sautet et Pascal Jardin, réalisé par Claude Sautet, avec Lino Ventura, Jean-Paul Belmondo, Marcel Dalio..., musique de Georges Delerue, 1960.

UN NOMMÉ LA ROCCA, adaptation de son roman *L'Excommunié* en coll. avec Jean Becker, réalisé par Jean Becker, avec Jean-Paul Belmondo, Pierre Vaneck, Michel Constantin..., musique de Claude Normand, 1961.

DU RIFIFI CHEZ LES FEMMES, scénario écrit en coll. avec Auguste Le Breton, réalisé par Alex Joffé, avec Robert Hossein, Nadja Tiller, Roger Hanin..., musique de Louiguy, 1962.

SYMPHONIE POUR UN MASSACRE, scénario écrit en coll. avec Claude Sautet et Jacques Deray d'après Alain Reynaud-Fourton, réalisé par Jacques Deray, avec Charles Vanel, Jean Rochefort, Michel Auclair, Michèle Mercier, Claude Dauphin, José Giovanni..., musique de Michel Magne, 1963.

DU RIFIFI À TOKYO, scénario écrit en coll. avec Auguste Le Breton, réalisé par Jacques Deray, avec Charles Vanel, Carl Boehm, Barbara Lass..., musique de Georges Delerue, 1963.

LES GRANDES GUEULES, adaptation du roman *Le Haut-Fer* en coll. avec Robert Enrico, réalisé par Robert Enrico, avec Bourvil, Lino Ventura, Marie Dubois, Michel Constantin..., musique de François de Roubaix, 1965.

l'HOMME DE MARRAKECH, scénario et dialogues, réalisé par Jacques Deray, avec Claudine Auger, Georges Hamilton..., 1965.

LE DEUXIÈME SOUFFLE, adaptation du roman en coll. avec Jean-Pierre Melville, réalisé par Jean-Pierre Melville, avec Lino Ventura, Paul Meurisse, Raymond Pellegrin, Michel Constantin..., musique de Bernard Gérard, 1966.

AVEC LA PEAU DES AUTRES, scénario et dialogues, réalisé par Jacques Deray, avec Lino Ventura, Jean Bouise, Jean Servais..., musique de Michel Magne, 1966.

LES AVENTURIERS, adaptation du roman en coll. avec Robert Enrico et Pierre Pelegri, réalisé par Robert Enrico, avec Alain Delon, Lino Ventura, Joanna Shimkus, Serge Reggiani..., chanson interprétée par Alain Delon et Joanna Shimkus et musique de François de Roubaix, 1966.
HO !, adaptation de son roman, réalisé par Robert Enrico, avec Jean-Paul Belmondo, Joanna Shimkus, Raymond Bussières..., musique de François de Roubaix, 1968.
LE CLAN DES SICILIENS, scénario écrit en coll. avec Henri Verneuil et Pierre Pelegri, d'après Auguste Le Breton, réalisé par Henri Verneuil, avec Jean Gabin, Alain Delon, Lino Ventura, Irina Demick..., musique d'Ennio Morricone, 1969.

Réalisateur et scénariste-dialoguiste pour...

LA LOI DU SURVIVANT, adaptation d'une partie de son roman *Les Aventuriers* (tourné en Corse), avec Michel Constantin, Alexandra Stewart, Roger Blin..., musique de François de Roubaix, 1966.
LE RAPACE, adaptation d'une Série Noire de John Carrick (tourné au Mexique), avec Lino Ventura, Rosa Furman, Xavier Marc..., musique de François de Roubaix, 1968.
DERNIER DOMICILE CONNU, adaptation d'une Série Noire de Joseph Harrington, avec Lino Ventura, Marlène Jobert, Michel Constantin, Alain Mottet..., musique de François de Roubaix, 1969.
UN ALLER SIMPLE, adaptation d'une Série Noire de Henry Edward Helseth, avec Rufus, Nicoletta, Jean-Claude Bouillon, Maurice Garrel..., musique de François de Roubaix, 1970.
OÙ EST PASSÉ TOM ?, adaptation d'une Série Noire de Bill Reade (tourné en Espagne et en Suisse), avec Rufus, Alexandra Stewart, Jean Gaven..., musique de François de Roubaix, 1971.
LA SCOUMOUNE, seconde adaptation de son roman *L'Excommunié,* avec Jean-Paul Belmondo, Claudia Cardinale, Michel Constantin, Gérard Depardieu..., musique de François de Roubaix, 1972.
DEUX HOMMES DANS LA VILLE, scénario original et dialogues, avec Jean Gabin, Alain Delon, Mimsy Farmer, Michel Bouquet, Victor Lanoux, Gérard Depardieu, Bernard Giraudeau..., musique de Philippe Sarde, 1973.
LE GITAN, adaptation de son roman *Histoire de fou*, avec Alain Delon, Annie Girardot, Paul Meurisse, Renato Salvatori, Bernard Giraudeau, Maurice Biraud..., musique de Django Reinhardt et Claude Bolling, 1975.
COMME UN BOOMERANG, adaptation en coll. avec Alain Delon d'après une histoire originale, avec Alain Delon, Charles Vanel,

Carla Gravina, Dora Doll, Suzanne Flon..., musique de Georges Delerue, 1976.

LES ÉGOUTS DU PARADIS, adaptation de l'ouvrage de Albert Spaggiari, dialogues de Michel Audiard, avec Francis Huster, Jean-François Balmer, Lila Kedrova, André Pousse..., musique de Jean-Pierre Doering, 1979.

UNE ROBE NOIRE POUR UN TUEUR, scénario original, avec Annie Girardot, Claude Brasseur, Jacques Perrin, Bruno Cremer, Catherine Allégret..., musique de Olivier Dassault, 1980.

LE RUFFIAN, adaptation de son roman *Les Ruffians* (tourné dans les Rocheuses au Canada), avec Lino Ventura, Claudia Cardinale, Bernard Giraudeau..., musique de Ennio Morricone, 1983.

LES LOUPS ENTRE EUX, adaptation en coll. avec Jean Schmitt d'après leur roman (tourné à Malte et dans les Alpes suisses), avec Claude Brasseur, Bernard-Pierre Donnadieu, Gérard Darmon, Niels Arestrup, Jean-Hugues Anglade..., 1985.

MON AMI LE TRAÎTRE, adaptation de son roman en coll. avec Claude Sautet et Aphonse Boudard, avec André Dussollier, Valérie Kaprisky, Thierry Frémont..., musique de Jean-Marie Senia, 1988.

Réalisateur et scénariste-dialoguiste pour la télévision...

L'ALIBI, scénario original, tourné aux studios de la Bavaria pour la télévision allemande, 1980.

LE TUEUR DU DIMANCHE, adaptation de son roman, avec Rufus, 1984.

LA LOUVE, adaptation de la Série Noire de Jean-Bernard Pouy intitulée *La Pêche aux anges,* avec Mimsy Farmer, pour TF1, 1986.

L'IRLANDAISE, d'après une idée originale de Yves Brière et Alec Costandinos, avec Michel Sardou, 1991.

CRIME À L'ALTIMÈTRE, scénario original, avec Michel Voïta, Rufus, Pascale Rocard..., musique de Jean-Marie Senia, tourné pour Canal +, 1re diffusion le 20 décembre 1996.

Impression Brodard et Taupin
à La Flèche (Sarthe),
le 28 avril 1998.
Dépôt légal : avril 1998.
1er dépôt légal dans la collection : mai 1974.
Numéro d'imprimeur : 1267U-5.
ISBN 2-07-036584-0 / Imprimé en France.

86840